わたしのすきなもの

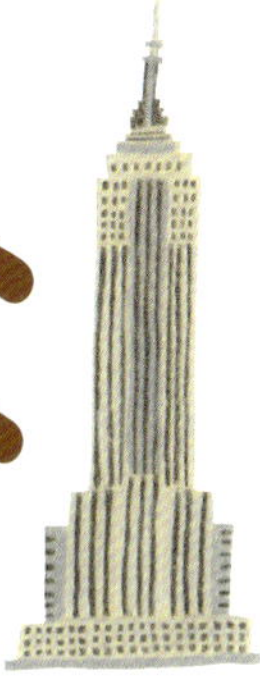

福岡伸一

Fukuoka Shin-Ichi

婦人之友社

目次

第1章

少年の目、母の眼

第2章

自然の神秘

第3章

だいじな友だち

第4章

小さな至福

第5章 〝始まり〟への旅

本書は、『婦人之友』2016年1月号〜2018年10月号に掲載された中から33篇と対談を加筆・修正したものに、書き下ろしの「光る泥団子」（42ページ）を加えたものです。

第1章

少年の目、母の眼

ハンミョウ（斑猫）

ハンミョウはその美しさとは裏腹にかなり凶暴な肉食系である。
成虫は他の小昆虫を捕えて丸かぶりする。
幼虫は穴に潜んでいて通りかかったアリなどに跳びかかって引きずり込む。

少年の日のある夏。川沿いの山道を歩いていたら、ふと数歩先に何かが飛来してふわりと地面におりた。私の視線はその小さな輝点に釘づけになる。ハンミョウだ。トルコ石のような輝く空色の頭。臙脂色の胸。流線型の胴体には群青色の斑紋とオレンジ色の鮮やかな十字架。絶妙のあんばいで白のアクセントまで入っている。

手にした虫捕り網を構えながら息を殺してそっと近寄る。あともう一歩、というところでその輝点は音もなく飛び立ち、優雅な弧を描いて少し先に着地する。その飛翔の軌跡は音もなく重さもない。慌てて先を追うと、またすんでのところでその先に行ってしまう。それを繰り返すうちについには見失う。なんだか一瞬夢を見ていたような、非現実な気がした。

夢から覚めると、急に、空気の暑さとセミの声が押し寄せてくる。あんなに小さな身体の中に、鮮やかすぎるほどの青や赤をぎゅっと凝縮した虫を私は他に知らない。なぜ私の目の前に降り、そして行ってしまったのかも。

先日、何十年かぶりに高校時代のクラスメートたちに会った。過ぎ去った時間はあまりにも長く、申し訳ないことにそれが何君だったのか、にわかには思い出せない顔もあった。

「あ、福岡君、◯◯ですよ」その声を聞いたとたん、一瞬にして18歳に戻った。クラスでよく話したS君だ。彼はその後、お医者さんになって今では房総半島のとある病院で働いているという。「そういえば、福岡君は虫が好きだったよね。ほら、これ見て」と言って彼は写真を見せてくれた。養老渓谷を散策したときに撮ったハンミョウ。

そのとき彼が教えてくれた河井寛次郎の「子供の先達」という詩を読んでみた。ハンミョウを見つけた子供の情景を描いたものだ。河井はこう綴っている。「案内者はいつも一歩先に、永久に一歩先にいるものだから」

私たちもまた何かに導かれて今ここに生きている。

三つ折メガネ

精度の高い、倍率10倍ほどのレンズが使われていて、
台の高さがレンズの焦点距離に合わせてある。
対象物を下面の枠に置くだけで、ピタリと拡大像が得られる。

母に直接勉強を見てもらった記憶はないが、今にして思えば母からいくつかの貴重な言葉を学んだ。三つ折《おり》メガネ、もそのひとつ。母は、部屋の南側の日当たりのよい場所に座って、熱心にその作業に集中していることがよくあった。膝に猫をのせている。すっかりなついていたその猫は無防備に仰向けになって母に身を任せていた。母は両手で猫の白い毛をかき分けるようにして目を凝らしている。

私は小学校から戻って、部屋のこちら側で本か何かを読んでいた。すると母が叫んだ。「一番上の引き出しに入っている三つ折メガネ、取って。早く!」

あわてて私が持って行くと、母は両方の親指の爪先できつく挟んでいた獲物をゆっくりと手のひらに移し、私が手渡した三つ折メガネを当てて、しめしめという感じで観察した。「僕にも見せて」と言うと、母は手のひらに獲物と三つ折メガネをおいたまま、そっとこちらに差し出してくれた。覗くと、そこには息絶えた蚤《のみ》が拡大されて転がっていた。長い脚、尖った口、整列した鱗。つややかな栗色をして光っていた。

蚤などと聞くと清潔さになれた今の人はびっくりするかもしれないが、猫は自由に家の内外を往来していたし、蚤がいるのは当時はごく普通のことだった。

三つ折メガネとは、真鍮《しんちゅう》でできた折りたたみ式の精密虫メガネ。開くとコの字になり、上面に小さな丸いレンズが嵌めこまれている。覗くと向こう側にくっきりとミクロの小宇宙が見えた。それが私自身の未来になるとは、そのときは気づかなかった。

三つ折メガネの正式名称が「リネンテスター」である、と知ったのはずっと後になってから。文字通り、布地の織りの良し悪しを検分する小道具。三つ折メガネというのは、どうやら母が勝手にそう呼んでいただけらしい。母を亡くして久しく、今となっては確かめるすべもない。猫の蚤取りを趣味としていた母の愛用の品。そして『婦人之友』は母の愛読書だった。

ドリトル先生

ドリトル先生はクモサル島の王様に推され、
しぶしぶ引き受けることになった。
『ドリトル先生航海記』新潮社刊より

少年の頃、私は昆虫に夢中だった。が、憧《あこが》れたのはファーブルよりも、むしろドリトル先生だった。

ご存知のとおり、ドリトル先生はヒュー・ロフティング作の物語の主人公。動物語を解するお医者さん。舞台は19世紀のイギリス。小太りで、世間から浮いていて、ちょっと脱力系。でも、いつもシルクハットをかぶりきちんとした身なりをしている。全世界の動物に慕われて、患者の列が絶えない。みんな無料で診療してしまう。その結果、いつもお金が足りないが、まったく頓着しない。世界中を旅し、奇想天外な冒険とすばらしい発見をする。ついには月にまで行ってしまう。

私はこの物語に心底夢中になった。そしてドリトル先生みたいになりたいと切実に願った。先生は自分のことを「ナチュラリスト」と呼んでいる。井伏鱒二の翻訳では「博物学者」となっている。つまり世界のすべての生命と自然を愛する人、という意味だ。

ドリトル先生のすばらしいところは誰に対しても、どんな生き物に対しても公平なことである。フェアネスといっていい。ナチュラリストのナチュラルは、このさりげないフェアネスにも当てはまる。鳥が、残忍なネコを毛嫌いして悪しざまにいうのを聞いて、ドリトル先生は言う。「だが、それがネコの性質だ。われわれは、他人を判断するときには、その人の生まれつきの性質を考えに入れてやらねばならん。」『ドリトル先生のキャラバン』（井伏鱒二訳・岩波書店）

もうひとつ、私の好きなドリトル先生の言葉にこんなものがある。あるとき、助手になった貧しい少年トミー・スタビンズ君に言う（ドリトル先生は、彼のことをいつも苗字の「スタビンズ」で呼んでくれる。トミーはこれをとても好ましく感じる）。「人の一生は短い。荷物なんかにわずらわされているひまなどない。いや、実際、人生に荷物など必要ないんだよ、スタビンズくん」『ドリトル先生航海記』（拙訳・新潮社）。

結局、ドリトル先生への憧れが昂《こう》じて、生物学者になったといってもいいのだが、ドリトル先生のフェアネスにどれほど近づけたことだろう。

はるみ

母が溺愛していたネコのはるみ。
保温調理に使う鍋帽子®をいつのまにか自分のベッドにしてしまった。

世の中をネコ派とイヌ派にわけるとすれば、うちは圧倒的にネコ派だった。私が小さい頃からいつもなにがしかネコが出入りしていた。母が大のネコ好きだったからだ。

なかでもいちばん長くいたのは、〝はるみ〟だった。白と茶色をした賢いネコだった。はるみは、母が懇意にしていた建築家の奥村まことさんのところからやってきた（奥村邸もネコ屋敷）。まだ子猫だったはるみは、鰹節一本とともに奥村さんに連れられて、我が家に嫁入りしてきた。「もう名前はありますか」と母が聞くと、奥村さんはこういった。「あります、あります。はるみです。下町美人です」。聞けば、出入りの大工さんの奥さんの名前をもらったという。

以来、母は文字通り、はるみを猫可愛がりした。いつもはるみの名前を呼び、おいしいものを惜しみなく与え、家計簿をつけているときも膝に乗せていた。

ネコ派ならご存知のとおり、ネコとはまことに贅沢なもので、いったんおいしいものを憶えたら、それ以前の安物は食べなくなる。

実家に寄ると、はるみはいつでも、刺身用の大きな貝柱やぷっくりしたエビをもらっていた。すでに私も弟も成人して家を出ていたので、子どもがわりだったのかもしれないが、こんなに優しくしてもらった記憶は我々にはない。

はるみは長生きだった。20年近く、母と暮らした。病を得た母が、2004年の春に亡くなったあと、はるみもまたあとを追うようにして死んでしまった。

その少し前のある明るい朝、日向で寝そべっていたはるみの毛を父が櫛ですいてやると（それはよく母がやっていたことなのだが）、ふだんは気持ちよさそうに目を細めるはるみが、丸い目を見開いてじっと父の方を見た。その目はまるで涙をためたように潤んでいたという。

父に、はるみの写真あるかな、と聞いたら探し出してくれた一枚がこれ。在りし日の母がはるみを抱いている写真もあった。

ボルボックス

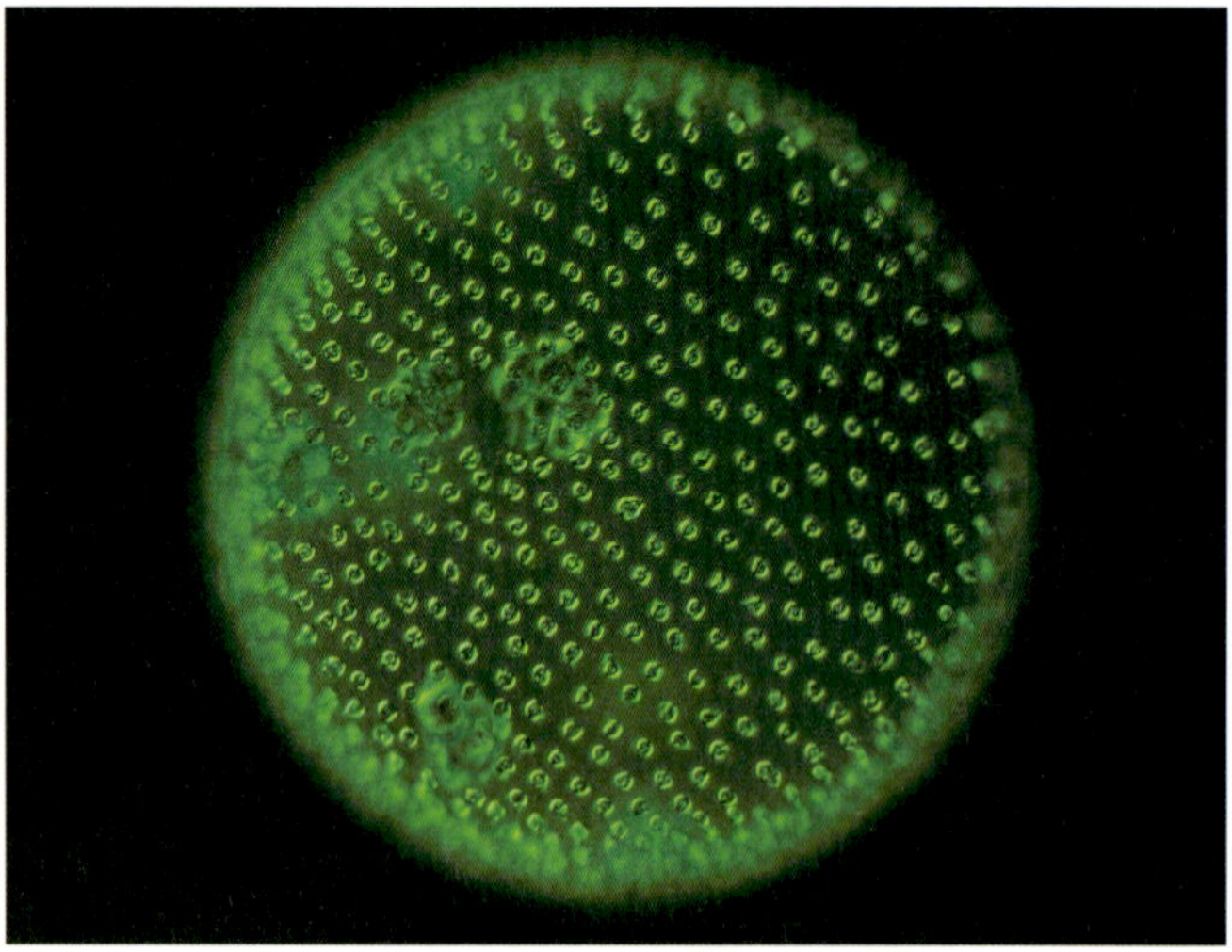

球形の群体をつくる藻類の一種。表面のつぶつぶひとつひとつが
葉緑体を持つ体細胞。鞭毛が生えていてこれを動かして回転しながら移動する。
宇宙空間を航行する巨大UFOみたいでとても幻想的。

子ども時代の私は、内向的で孤独な少年だった。友だちはあまりおらず、図鑑や昆虫が友だちがわりだった。つまり本の虫であり、虫の虫だった。そんな私を心配したのか、あるとき両親が顕微鏡を買ってくれた。当時、デパートの教育用品売場にあった安物の普及品だった。これを話題に友だちでも作りなさい。そんな配慮だったのだろう。ところが逆効果だった。レンズを覗き込んだ私は、その中に広がる世界にたちまち魅了されてしまったのだ。蝶の翅は、色とりどりの小さなモザイクタイルが敷きつめられていた。虫の脚の先には優美な曲線を描いた鋭い爪がついていた。

まさに私はオタク的な心で顕微鏡を覗いた。何かを知るとオタク心はもっと知りたくなる。源流を辿りたくなる。あるいは河口を見に行きたくなる。とにかく上流から下流まですべてを知りたくなるのだ。そのとき私が子ども心に思ったことは、顕微鏡というこんなすばらしい装置を世界で最初に考案した人物は、いつの時代の、どこの国の、どんな人だったのだろう、ということだった。

もちろんネットもグーグルもない頃のこと。私は近くの公立図書館に行って本を調べてみた。するとある書物にこんな記述があった。17世紀、オランダはデルフトという小さな町にアントニ・レーウェンフックという人がいた。彼は町の商人だった。でも物好きで、自分で工夫しながらレンズを磨き、独自の顕微鏡を作った。それは現代の顕微鏡とは似ても似つかぬ装置だったが、レンズの性能は抜群だった。彼はこれを使ってさまざまなものを観察した。水中の微生物、赤血球・白血球、細胞、精子……私はうれしくなった。名も無きアマチュアが、生物学史上、画期的な大発見を成し遂げたのだ。自分もこんな風になりたい。

私はさっそく自分でも近くの池や川から水を採取して顕微鏡で観察してみた。すごい！　そこにはミクロな小宇宙が展開していた。奇妙な形をしたイカダモやクンショウモ、くるくると回転しながら移動するボルボックス、すばやく泳ぎ回るミジンコやワムシ。自然はほんとうに驚きに満たされている。私の孤独癖はますます深まるばかりだった。

カメの小物入れ

カメの小物入れ。甲羅が開閉するようになっている。真鍮製。
フランスのボーヌを旅したときガラクタ市で見つけた。

生き物好きだった私は、子どもの頃、ベランダで小さなゼニガメを二匹飼っていた。ゼニガメはクサガメの子ども。褐色の甲羅に鮮やかな黄色い線で六角形が縁取られていた。ゼニガメは何でもよく食べた。パンやハムの切れ端、しらす、たまにはミミズ。小さな赤い口を思い切り開け、ちょっと首を傾けてパクリと食いつく。四角い容器に水を張り、石で島を作った。天気のよい日には、二匹はいつも重なるようにして島に登り、日向ぼっこをしていた。冬が近づくと活動が鈍る。水槽や植木鉢など、狭い閉鎖空間で冬眠させると乾燥したり、凍結することがあると聞き、私はカメたちを室内に入れ、浅い水の中においた。カメたちは手足を縮め、じっとしていた。春になると二匹は再び元気に活動を始めた。ちゃんと季節がわかっているのだ。

ある夏の終わり頃のことだったと思う。夜半、たくさん雨が降った。カメたちは大丈夫かな。そう思って、翌朝、ベランダのカメ容器を見て、わが目を疑った。カメたちがこつ然と消えていた。真ん中に島の石だけがポツンと残っていた。雨の水が吹き込んだとしても、容器の縁は高く、カメの背では届くはずもない。カラスにでもさらわれたのだろうか。でも昨日の夕方にはちゃんとここにいたし、夜中に、警戒心の強いカラスがベランダの内側なんか入ってくるだろうか。

私はふと奇妙な幻想に囚われた。二匹のカメは「協力」して脱出したのかもしれない。一匹が縁に立ち、精一杯背伸びする。もう一匹はその肩に乗って、容器の縁に前足をかけた。でも、それなら一匹は容器の内側に残る。どうやって、先に出た一匹は、あとに残された一匹を見捨てることなく、救い出せたのだろう。

以来、その謎は解けないまま、時が過ぎ、よしなしごとが増え、私は再びカメを飼うことはなくなった。でも大人になっても、旅先で、ふとカメの置物を見つけると、なんとなく欲しくなってしまう。これもそのひとつ。なんだか童話『モモ』に出てくるカメ・カシオペイアみたいだ。モモを時間の国に案内した。

そう。長生きのカメは時の象徴。ゆっくり確実に進む。あのときのカメたちはどこかの水辺に達して、今でも元気に暮らしているだろうか。

ソーセージの缶詰

開けると、切りそろえられたソーセージが、小さな丸太を並べたように入っている。
ビールのつまみにちょうどよい。思い出の品。

親の心子知らず、とはよく言ったものである。少年の頃、学校や塾に行くのに母はいつもお弁当を作ってくれた。母は筋金入りの『婦人之友』読者だったから、栄養やら素材やら品数やら、そしてもちろん経済のことも考えて、工夫を凝らしてお弁当箱にいろいろなおかずとご飯を詰めていてくれた。それなのに、お昼どき、私は自分の弁当箱のフタをあけるのが苦痛だった。「正月でもないのに、おまえの弁当、いつもおせち料理みたいだな」と囃され、まわりの友だちに笑われたのがトラウマになったからである。

他の子どもたちのお弁当はと見れば、うめぼしの日の丸に焼シャケ一切れ、とか、ごはんの上にどーんとハンバーグがのっているだけ、とか、とにかくワイルドな感じのものが多かった。そしてまたそれがとてもおいしそうに見えた。ぼくのお弁当もそんな風にしてほしい。そう言って母を困らせた。

ことさら変わっていたのは、Tくんだった。彼のお弁当は、いつもコッペパンひとつに、缶詰一個。缶詰は、缶切りがなくても、フタについている小さな器具で、くるくるくるとフタの外周を巻き取れるようになっていて、そうするとカパッとフタがとれた。中には小さな丸太がならんでいるように、切りそろえられたソーセージが入っていた。ソーセージの缶詰などというものを見たことも聞いたこともなかった私には、またそれが限りなくおいしそうに見えたのだった。

私たちが育ったのは昭和の四十年代。今にして思えば、中流世帯は総じて豊かになったとはいえ、それぞれの家庭にはそれぞれの事情があったはずである。毎朝、子どものお弁当を作るのにそれほど時間をかける余裕がない親もたくさんいただろう。

その後、大人になってずいぶん経ってから、私はスーパーマーケットの売り場の棚で、鮭缶やツナ缶とならんだソーセージの缶詰を見つけた。Tくんが持って来ていたのはこれだ。ロングセラー商品になっていたんだね。ためしに買ってみた。フタはプルリング方式に変わっていた。やわらかく塩味が効いてなかなかおいしい。Tくんはどうしているだろう。勉強がよくできたから、今でもどこかで頑張っているに違いない。

第2章

自然の神秘

青い蝶

オオルリアゲハ。私の好きな青い蝶。東南アジアを中心に棲息。
これは知人にもらった標本。いつか飛んでいる姿を見てみたい。

福岡さんは何色が好きですか、と問われれば、迷うことなく「青」と答える。でも、そもそもどうして私が青に惹かれるのかといえば、少年の頃の思い出に行き着く。自然界を見渡せば青はどこにでもある。海の青。山の青。空の青。しかし、どの青も実際に手に取ってくることはできない。海の青い水をすくっても、晴天の日の空気をどれだけ集めてもそこに青はない。海や空から青を取り出してきて白い布を青く染めることは決してできない。

なぜなら海の青や空の青は、青い色素がそこに溶けているわけではないからだ。水や空気の性質によって、太陽の光の中から、青い光が選び出されているから青く見えるだけである。つまり物質ではなく現象として青い。

なのに、この蝶の翅の鮮やかな青はどうだろう。深い宇宙の青がぎゅっと濃縮されてこんな小さな場所に詰め込まれている。蝶の胴体にまで青が小さな輝点となって散りばめられている。

少年の私は、こんな青に魅せられた。強いブランデーの香りがすっと鼻から目に抜けるような陶酔感を覚えた。もちろん当時の私はお酒を含め、いかなる陶酔もまだ実際に経験したことはなかったが。

ところが青はここからも取り出すことはできないのである。この蝶から青を抽出しようとして、もし私が翅をすり鉢ですり潰したとしたら、翅は黒い粉と化して青はたちまちなくなってしまう。実はこの蝶の青も色素ではない。翅には薄いミクロなガラス状の層があって、青い光だけを反射している。この構造を壊すと、青も儚く消えてしまうのだ。青はとても不思議な色だ。

光としての青は、赤や黄に比べてエネルギーが強い。生命がまだ小さな単細胞生物として太古の海に漂っていた頃、最初に感知したのは青色だったはずだ。青が光の方向を教えてくれた。彼らは青に向かって必死に泳いだ。

生命にとって必要なものをうつくしいと感じるのが美の起源だとすれば、人が青を好むことにも深い理由があるといえる。

サンショウ

左右対称にならぶ可憐な葉っぱ。
見ているだけで香ばしい匂いが漂ってくる。
麻婆豆腐が食べたくなった。

春先に、朝の湿り気をまとったサンショウのみずみずしい若葉を見ると、まだ匂いをかぐ前から鼻の奥がつんとする。それは遠い昔の気持ちが蘇ってくるからだ。サンショウは、アゲハチョウの幼虫の食草。少年の日の一時期、私は一生懸命、蝶を育てていた。

サンショウの葉陰を注意して探すとゴマ粒ほどの黒い塊がちょこんととまっている。卵から生まれたばかりの一齢幼虫。身体の中ほどに白い点があり、全体で見ると葉に落ちた鳥の糞にそっくりだ。実際、そうやって身を守っているらしい。それを葉っぱごと持って帰る。幼虫は、せっせと葉を食べて脱皮を繰り返し、その都度大きくなる。最後は緑色に目玉模様のついた大きな幼虫になる。

この頃になると、ものすごい勢いで食べるので、何度もサンショウを採ってこないと間に合わない。他所の生け垣から枝を折ろうとして怒られたこともあったっけ。慌てて逃げ帰ったが、自宅にはお腹をすかせた子どもが待っている。しかたがないので母と一緒にもう一度、生け垣の家に行って事情を説明して頼んでもらった。こういうときの母は頼もしかった。翌日から、晴れて公然とサンショウの葉をいただくことができた。

やがて幼虫は動きをとめ、じっと縮こまる。気がつくと流線型の蛹になっている。そこから約2週間。蛹の色が徐々に黄色くなる。いよいよ羽化がはじまる。これほど劇的な変化もない。葉っぱの上をもそもそ這い回っていたイモムシが、軽やかで優雅な妖精に姿を変える。蛹から這い出し、伸びきった羽を細かく振るわせて飛翔の準備をする。

アゲハチョウの幼虫はミカンやカラタチにもつく。調べてみるとサンショウもミカン科の植物なのだ。蝶にとっては同じ香りがするんだね。食べるものを律し、定めに従って成長し、最後は見事な蝶になって夏の空にひとり飛び立つ。パートナーに巡り会えるかどうか、それは風まかせ。結局、私は人生にとって大切なことはすべて蝶から学んだ。

虫のお面

模造品ではなくホンモノ。アカボシゴマダラという蝶の幼虫が、脱皮した際、
脱ぎ捨てた表皮の一部。柔らかい胴体部分は自分で食べてしまって、
固いお面だけがころりと落ちていた。

地球上に生息している生物の種類は現在のところ知られているものだけでおよそ190万種。これは、ヒトはもちろん動物、植物、カビやキノコ、微生物すべてを含んだ数である。（熱帯雨林や深海などにはまだまだ未知の生物がたくさん、種の数はもっともっと多い）

では、生物の中で一番種類が多いのは何の仲間でしょうか？　ばい菌？　雑草？　答えは昆虫です。蝶、甲虫、トンボ、バッタ、ゴキブリ、蜂……ありとあらゆる形態と生態を持ち、どんな場所にだって住み着ける。ヒマラヤでも、熱帯雨林でも、南極でも、高層マンションでも。空も飛べるし、水面を滑ることも。食べものは質素、ちょっとした場所があれば生き延びる。

現在知られているだけで80万種以上、実に全生物の半分近くを占めていることになる。つまり昆虫はもっとも成功した生命体であるといえる。

この事実はいったい何を意味しているのだろうか。もし神さまが天地創造をなされて、この地に溢れるすべての生命をおつくりになったとしたら、そのほとんどの時間を虫の作成に費やしていたということになる。つまり、無類の虫好きだったということ。信徒のみなさん、おこらないでください。何も神さまを茶化しているわけではないのです。むしろ、虫オタクだった私は、神さまが虫好きだという真実を知って、うれしく思うのです。

ただし、科学の世界では、「神さまがつくった」は禁じ手なので、長い進化の時間と環境の遷移が、生物を生み、少しずつ変化させ、選別していったと説明します。環境に有利な変化は生き残り、環境に不利な変化は淘汰されたと考えます。昆虫は数億年前に地球に出現し、最も巧みに環境に適応したおかげで、最も多様に繁栄するようになったと。

それにしても、このお面を見るにつけ、私は疑問を感じます。このあどけない顔にミスマッチすぎる立派な角。いったいこの形態がどんな風に環境に対して有利に働いたのでしょう。鳥が怖がって近づかなかった？　それならほとんどすべての幼虫に角があってもいいはずですが、そんなこともありません。自然の造形の妙は、ほんとうに不思議です。

羽化

翅を伸ばしきった蝶は、二、三回、ゆっくりと翅を開閉すると、
ひらりと飛び立って大空に消えていく。

蛹《さなぎ》から蝶が出てくることを、羽化《うか》と呼ぶ。これほど劇的な自然のメタモルフォーゼ（変化《へんげ》）もない。

それはだいたい夜明けに起きる（鳥などの外敵から身を守る知恵なのだろう）。蛹の背中に一筋の割れ目ができ、そこから蝶がまろびでてくる。翅はまだくしゃくしゃだ。激しく脚や触角を動かして蛹から這い出すと、近くの枝にしっかりとつかまる。そのまま翅をゆっくり開閉しながら、しばし息を整えるかのように、じっと時が満るのを待つ。蝶の翅を傘にたとえると、傘の骨にあたる細い筋が放射状に走っている。これを翅脈《しみゃく》という。実は、翅脈は細い管で、内部は中空だ。蝶は今まさに身体から体液を翅脈の中に送り込んで、それが隅々にまで行き渡るのを感じているのだ。翅はすっくと伸びて美しい流線型となる。

少年の頃、根っからの昆虫オタクだった私は、しばしば蝶の卵や幼虫を採集してきては、それを蝶に育てるのを楽しみにしていた。アゲハチョウの幼虫ならミカンかサンショウの葉っぱ、キアゲハならパセリかニンジンの葉っぱを食べる。どの葉も同じような栄養分を含むはずだが、どんなにお腹がすいていても他の葉っぱは食べない。蝶たちはちゃんと自分の生きる場所を心得て、その範囲をきちんと守っているのだ。

育ち盛りの幼虫たちは大食いだ。芋虫たちがとまる木の枝が家の隅やベランダに一杯あって、そこら中が糞だらけになるのを、きれい好きの母は、きっと心の中では嫌がっていたはずだが、やめなさいとか捨ててきなさい、とは言われたことは一度もなかった。

幼虫はある日、枝にとまったまま動かなくなり、間もなく脱皮して蛹になる。蛹は最初は緑色だが、日がたつとだんだん茶色になり、その内部にうっすら蝶の紋様が浮かび出してくる。蝶の羽化を見逃さないよう、私は早起きして、息を殺してその瞬間を見守った。

いったいなぜ蝶がかくも見事な変容を遂げるのか。あるいは、どのようにして、蛹の中で芋虫の細胞が溶け、蝶の細胞にいれかわるのか、最先端の科学もまだきちんと説明することができていない。春先には冬越しをした蛹から蝶が羽化し、秋までのあいだ、今年も蝶のサイクルが繰り返される。

光る泥団子

荒木田土《あらきだつち》を固めてから表面をスプーンで丁寧に平らに押して仕上げる。
ぴかぴかで石みたいに固い。土壌学者の藤井さん作。

第一問　土はなぜ黒いのでしょうか。
第二問　土の歴史は5億年。それはどんな意味を持つのでしょうか。

実は、この2つの問いは互いに関係している。いったいどういうことだろうか。まずは第二問目から考えてみよう。地球が太陽系に誕生したのは46億年前。その地球上に生命が誕生したのは38億年前とされている。これは岩石の組成や最初の微生物の化石などから推定された年代。土の歴史5億年は、それだけ聞くとずいぶん古いが、地球の歴史や生命の歴史に比べるとかなり若い。そう、土とは地球の誕生とともに存在していたように感じるけれど、実はそうではなく、ずっとあとになって生命活動とともに生じてきたものなのだ。それも海水中に棲息していた生命体が陸上に進出してきてはじめて形成された。それがいまからおよそ5億年前。

最初は水中から植物が地上に上がってきた。植物は太陽の光を使って二酸化炭素を栄養素に変える。栄養素は植物の葉っぱや枝、種や実となる。ついでその葉や実が落ちて地表を薄く覆うようになる。するとそれを栄養にする微生物や小さな生物が海から陸に上がれるようになった。葉っぱや実は微生物たちの分解作用によって一部は彼らの栄養となり、また一部は有機物となって地表に堆積されていく。
それが土である。土は生命活動の産物なのだ。植物由来の有機物は化学構造からいうと炭素の二重結合が多い。炭素の二重結合は光のエネルギーをよく吸収する。だから土は黒く見えるというわけで、これが第一問の答え。

この話は『婦人之友』で、染織修復保存研究者の梶谷宣子さん、土壌学者の藤井一至《かずみち》さんと鼎談したときに教えてもらったこと（2019年1月号）。このときのお土産に藤井さんからいただいた。粘土に含まれる雲母質が均《なら》されてぴかぴか光っている。布にも、土にも、人間と生命の長い時間軸が織り込まれている（布の繊維も植物由来）。泥団子の黒い輝きを眺めながら悠久の時間にしばし思いを馳せた。聞けば、藤井さんは私と同じ大学・学部。研究のため世界中の土を掘りに行っているそうな。こんな後輩がいて頼もしい。

第3章

だいじな友だち

鉛筆削りの少年

指人形作家・高橋あおいの作品。文房具、雑貨、石粉粘土などを使って
ユニークな人物を多数作っている。

ぼくの名前は、芯一です。このところ、寒い日が続いたので風邪をひいちゃいました。だからすこし鼻が赤いんです。はずかしいな。

でもぜんぜん平気。この緑のパーカー、きれいな色でしょ。とっても暖かいんだ。ぼくのお気に入り。前に大きなポケットがついていて、なんでもここに入っちゃう。ちょっと袖が長いので、こうやって折り返して着ています。

ぼくは、勉強はあんまり得意ではありません。ですが、鉛筆を削ることにかけてはクラスの誰にも負けません。折れた鉛筆でも、ちびた鉛筆でも、ショリ、ショリ、ショリ、ショリ。すかっとするくらいピンっと尖らせることができるんです。赤鉛筆は、芯がやわらかいので力を緩めてそっと削ります。ショーリ、ショーリ、ショーリ、ショーリ。すると赤だってピンっと尖ります。

削りかすは、頭の上にくるくるっと丸まって扇型に出てくるよ。削りかすの縁には色がついているので、カラーリングした巻き毛のようでしょ。と、いってもすぐにパラパラととれちゃうんですけど。でも、散らからないようにちゃんとパーカーについたフードで受け止められるようになっているんです。あとでまとめてゴミ箱に捨てます。

そうそう、昨日のこと。友だちの健くんが、宿題をほったらかして遊びに行こうとして、お母さんに怒られました。「やること、やってから！」健くんはいやいや宿題の漢字書き取りのノートをランドセルから取り出しました。が、一向にやる気がおきません。そこでぼくは新品の臙脂色の鉛筆を取り出して、健くんの目の前で削ってあげました。

ショリ、ショリ、ショリ、ショリ。ほらね。削りたてほやほやの鉛筆。これを使うとすらすらと勉強が進むよ。最初の一筆に心を込めるんだ。そしたらあとは鉛筆が勝手に書いてくれるよ。健くんは、尖った芯をそっとノートの上におろして、にんべんを書きました。それからきれいに自分の名前を仕上げました。「あ、ほんとだ。これは気持ちがいい」健くんは一心にマス目を埋め始めました。

逆引き広辞苑

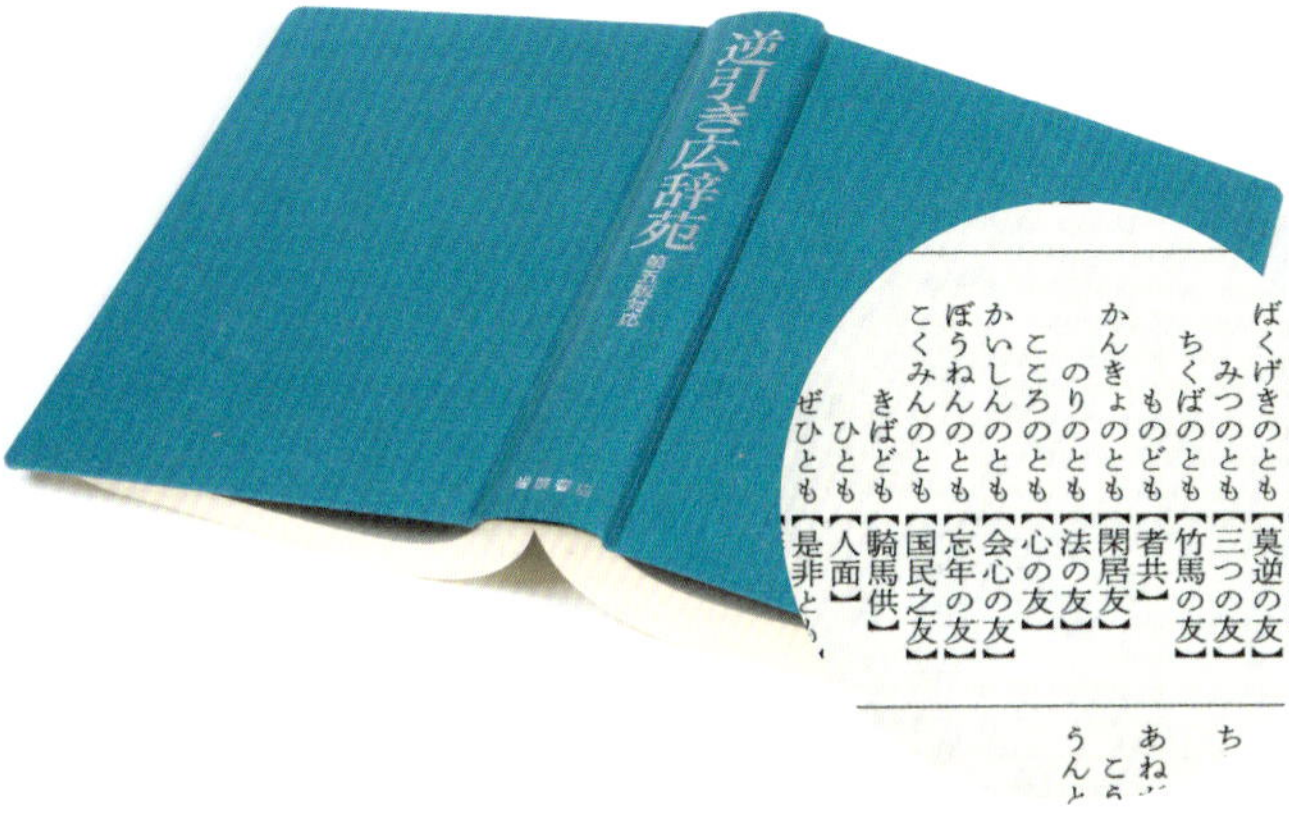

広辞苑（岩波書店）の見出し語をすべて逆順で収録した不思議な辞書。
色や装丁も広辞苑そっくり。ただし、意味までは載っていないので、
わからない単語はもう一度、広辞苑で引かなくてはならない。

日本と米国のあいだを行ったり来たりの研究生活なので、飛行機の中で時間つぶしに機内誌を見る。英語の雑誌に必ず載っているのがクロスワードパズル。解けそうなところからマス目を埋めていくのだが、これがなかなかむずかしい。最後が、ism で終わる言葉ってなにかな。ism（イズム）と言っても、ナショナリズムとかキャピタリズムとかフェミニズムとか、勇ましい単語だけじゃなくていろいろあるからなあ。先に縦の方を解こう。ふむふむ。どうやら横のismは、aから始まる言葉のようだ。

英語圏には、こんなときお尻から引ける便利な辞書がある。"Reverse Dictionary" がそれ。ism で終わる言葉なら、msi……の項目を見ればよい。するとあるわあるわ、アイデアリズム（理想主義）、ポピュリズム（大衆主義）、キュビズム（芸術運動）、オプティミズム（楽天主義）……世の中は、思想、信条、運動、指針、イズムだらけではないか。

そもそも -ism という接尾語は、オーガナイズ（整理する）のような言葉の -ize と同じ語源で、なになに化、という風に力の作用方向を表すものらしい。さらに見ていくと、あれ、中には、こんなのもある。alcoholism（アルコール中毒）、アルコールの力が行き着いた先ってことだな。あっ、クロスワードの答えはこれだ！

日本語にも、こんな面白い辞書があればいいのに。そう思っていたら実際に存在していた。広辞苑の見出し語を、すべて逆順に収録した『逆引き広辞苑』。これを見つけたときはうれしかった。以来、私の愛読書。めくっているだけで楽しい。ちなみに、何々「の友」を引いてみると（もとの……の項を見る）、竹馬の友、莫逆《ばくげき》の友（親友以上の親友）、忘年の友（歳の差を感じさせない友）、閑居友《かんきょのとも》（鎌倉時代の説話集）……

おもしろいでしょ。「国民之友」はあれど、残念ながら「婦人之友」は収録されていない。でも一体どんな人が買うのかな。歌人とか詩人とか作家とか、言葉を操るようでいて、実は言葉に不自由している人のバイブル？　惜しいことにいまは絶版だそうです。

動的平衡の落《らっ》款《かん》

書家の華雪さんにデザインと隷書体の字を作っていただき、
中国で産出される巴林（ぱりん）石に彫ってもらった。

小なりとはいえ、私も文筆を生業とする者。たまには、自著についてのトークショーをしたり、サイン会をしたりすることがある。そんなとき、買っていただいた本に押す落款があればいいな。そうすれば、下手な字で為書き（お名前や感謝の一言を入れさせていただくこと）やサインをしても、ちょっとは格好がつく。

篆刻《てんこく》もしてくださる書家の華雪さんにお願いすることにした。落款を作りたいのですが。「どんな感じがいいでしょう？」そうですね。私の生命論のキーワードは『動的平衡』という言葉なので、それを入れていただいて、あとは動的平衡を象徴するようなデザインがあれば……。

動的平衡とは、絶えず動きながらバランスを作りなおす営みのこと。私はそれが生命の一番大切な特性だと思っている。

人は毎日、食物を食べ続けなければ生きていけない。でもこれは自動車にガソリンを注ぐこととは本質的に異なる行為だ。食物はもともと他の生命体の一部。私たちは自らの身体の中であえて細胞や分子を分解し、取り入れた食物を材料として、常に細胞や分子を作り変えている。この更新作業によって環境に適応し、怪我をすれば治し、病気になっても回復しながら、なんとか生を全うしようとする。つまり他の生命体の助けを借りて、ひととき私たちは自らのバランスを維持し、最後はまた自然の流れの中に還っていく。

いうなれば、鴨長明の方丈記の冒頭、ゆく河の流れは絶えずしてもとの水にあらず、みたいな感じでしょうか。あるいは、永遠のさすらいの民、古代ケルト人たちが、自分たちのはかない運命を託した組ひものようなイメージかなあ。

「なかなかむずかしそうですけど、なんとなくひらめきました」華雪さんはそういって作業にとりかかってくれた。

こうしてでき上がったのが、この落款。流れゆく水の渦巻き紋様にも、あるいは糾《あざな》える縄模様にも見える。まさに動的平衡ここにあり。なかなかいいでしょ。今度、どこかでお会いする機会があれば、拙著の扉に押させていただきます。

人型定規

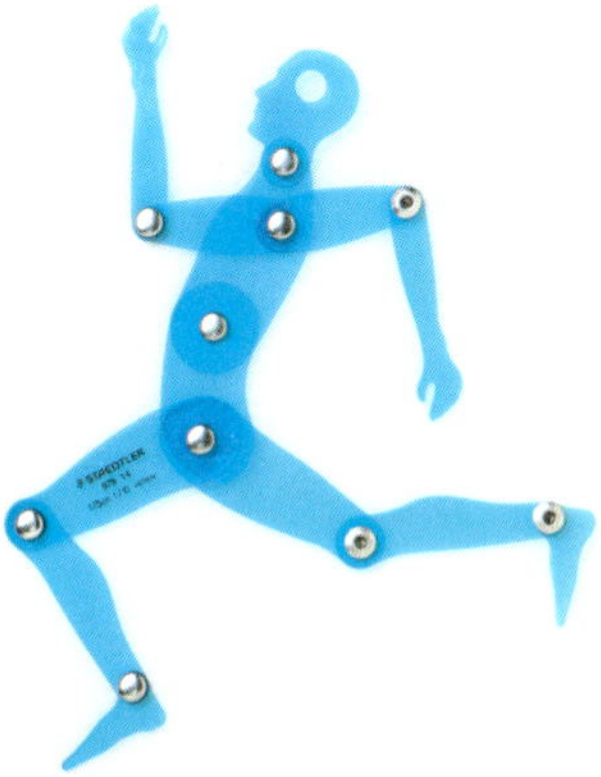

アーティストやデザイナー用の文房具（ステッドラー社製）。
各関節は可動式。いろんなポーズを自在に作れる。
悩める姿、ありえない姿勢など、かなり楽しめます。

首から右の肩甲骨のあたりが痛い。なんでだろう。特に思い当たる運動をした憶えもないのに……ああ、そうだ！　昨日、久しぶりに車を運転した。車庫入れするときに何度も後ろを振り返って、首と肩をひねったのだ。なさけなや。年をとると、こんな、なんでもないことでも一日ほどおいてから身体にダメージが表れてくる。

加齢とともに柔軟性が失われるのはいたしかたないとしても、もともと人間の身体には制限がある。ひじは180度の角度以上には開かないし、膝《ひざ》も手前側には曲がらない。それゆえ、この人型定規でそれをやるとおかしいのであるが。

なぜ人間の身体各部の動きには、いちいち制限が設けられているのか。ロボットなら首も回るし、手首も回る。制限の存在理由を考えると、人間とロボットの差異、つまり生物と機械の違いが見えてくる。

もし、手首がその制限を超えて、より外側に回転を求めようとすれば、私の腕は自然にねじれ、肩が開かれ、腰が傾く。つまり制限があるゆえに、身体の他の部分の協調的な動きが自然に促される。そして全体として、より複雑でなめらかな動きが生まれる。器械体操の華麗な動き、高速シュートを打ち返すラケットさばき、超絶技巧のピアノ曲を弾きこなす手。

生物学には相補性という素敵な言葉がある。互いに他を補いながら、互いに他を律する。各パーツの制限は、パーツ相互の連動のためにある。全体としてひとつのものだ。各部の不自由さは全体の自由のためにある。

逆にいうと身体に部分はない。パーツ（部品）というい方も本来、間違っている。もし、私の膝が痛くなり、ロボットみたいに膝のパーツを新品に取り換えることができたとしよう。私は痛みから解放されるだろうか。おそらく駄目である。またその膝が痛くなる。なぜなら膝の痛みは膝だけが悪いのではなく、身体全体の問題が膝に集約されて起きているから。

いろいろガタは出てまいりますが、全体としての身体をだましだましつき合っていくしかない。人型定規はそんなことを教えてくれます。

古いタイプライター

ニューヨークの蚤の市で見つけた古いタイプライター。
1950年代か60年代のものらしい。ちゃんとまだ文字が打てる。

大学で若者たちを見ていると、今どき、紙の辞書を引いている学生は、もう皆無である。すこし前なら、机の上に折りたたみ式の電子辞書を置いている学生もいたが、それも見ることはなくなった。きょうび、調べものはすべてスマホ。聞けばなんでも教えてくれる。そして学生は、検索のために文字を指で入力することさえしていない。どうやって調べるのかって？　聞いているのである。声で。

指先をなめなめ、貼りついた辞書の薄い紙をめくって単語を探し、探しているうちに他の単語に目が移り、それも同時に勉強した私たちの世代から見ると、驚くべき知的怠慢だが、これも時代の趨勢《すうせい》。しかたがない。それに何といっても便利である。重い辞書をカバンに入れて持ち運ぶ労力も必要ないし、英単語なら発音してくれる機能までついていて、検索の履歴が残るので同じ単語を引くにも手間いらず。

わたしが大学生になった頃、ちょうどパーソナル・コンピュータが出始めたが、当時はまだ英文の手紙や論文は、旧式のタイプライターに向かって前かがみになりながら打っていた。打ち間違えたときはたいへん。修正液で白く塗って、乾いてから打ち直すか、大事な文書なら一からもういちどやり直し。留学先を探すため、問い合わせの手紙をたくさん書いて、まだらの縁取りがついた青いエアメール用の封筒に入れて投函した。半数ほどしか返事がなく、そのほとんどが断りの手紙だった。いま、キーボードを見なくても文字が入力できるのは、この頃、必死にブラインド・タッチを憶えたからである。

このタイプライターは、ニューヨークの街角に立った蚤の市の古道具屋さんで見つけたもの。古いけれどまだちゃんと打てる。パチパチパチパチ。懐かしい音がする。懐かしいのはモノ自体ではなく、ほんとうは、あの頃のひたむきな自分が懐かしいのであり、その意味で、ノスタルジーとは自己愛の一種である。

そうとはわかっているものの、つい自分を許して買い求めてしまった。平成も暮れようとしている。

手作り万年筆

仙台・大橋堂製。エボナイト（硬質ゴム）を削って一本一本丁寧に作られる。
書き味はごく滑らか。サイン用に使っています。

私たち昭和30年代生まれは、戦後民主主義の申し子のような世代。子どもの頃は、皆だいたい同じようなテレビ番組を見、同じような本を読んでいた。まずは星新一のショートショート小説の知的な軽妙さにはまった。中学に入ると読書家のクラスメートが教えてくれた。福岡君、星新一を読んでる場合じゃないよ。筒井康隆しかないよ。『馬は土曜に蒼ざめる』を読み、私は文字通り蒼ざめた。一人称「おれ」の自由自在な使い方に衝撃を受けた。気弱で内向的な少年は、自分のことを「おれ」などと呼ぶことはとてもできなかったから。そして「おれ」が引き起こす、痛快で、エッチで、奇想天外な騒動の自由自在さに目をみはった。

あるとき、筒井康隆ご本人がイベントに来場するという噂を聞き、著書とサインペンを持参して駆けつけた。恐る恐るサインをお願いすると、ほんものの筒井さんは穏やかで優しく、全く「おれ」っぽくはない。筒井さんは私の差し出したサインペンを押しとどめ、代わりに胸元から万年筆を取り出し、さらさらと署名を入れてくださった。その極太の万年筆の筆致のかっこよさといったらなかった。

歳月が流れ、はからずも私も文章を書くようになり、本を出版すると、ときにサインを頼まれることがある。筒井康隆の優雅な物腰には及びもつかないが、太字の万年筆を持つことにした。大橋堂の手作り万年筆。仙台にある工房でエボナイトを削って、一本一本丁寧に作られる。軽くてシンプル。表面は漆塗り。書き味はごく滑らか。インクも全くかすれない。アフターケアも万全。

先日、キャップの縁がちょっと割れてしまったので郵送で修理をお願いした。戻ってきた万年筆は、いったいどこをどう直したのか傷の痕跡すらない。さすがモノづくり国の職人技。修理代は税込み3150円だったが、切手で送ってくださいという。古風だなあ。

どこかのサイン会でお会いしたら、私の手元をご覧ください。

ハンディ重量計

体重計で有名なメーカーが作った極小の重量計。
サイズは名刺大。ポケットに入れても携帯電話よりかさばらない。
なのに、0.1グラムのオーダーまで正確に測れる。電源はボタン電池。超便利。

長年の家事家計の経験があるみなさんなら、ある能力について、すぐれた感覚が身についているはずである。それは重さを言い当てること。

卵一個ならだいたい50グラム。両手いっぱいの食材は100グラム。塩ひとつまみ1グラム、などなど。この感覚が身についていると、生活上とても役に立つ。ああ、この封書なら切手は120円で大丈夫だ（定形外郵便50グラムまで）とか。

研究者も同じである。薬品を調合したり、サンプルを量り取ったりするのに、おおまかな重量感覚を持っていると、実験が格段にはかどる。もちろん、最終的に、正確に薬品の量を測定するためには、フラットな石の台（ストーンテーブル）に置いた精密化学ハカリを使わなければならないが、まずはビーカーにどれくらい入れるか、というおおよその目分量がものを言う。

問題は、野外で研究活動（フィールドワーク）する際、採集した昆虫の重さを比べたり、鉱物の重さを測ったりするにはどうするか、である。実験室のハカリは、大型で、据え置き型、おいそれと持ち出せない。電源もいるのでコンセントが必要。

そこでいろいろ探して最終的に見つけたのが、このハンディ重量計。小さなものを正確に測定できる。どこへでも持っていける。あらかじめ風袋《ふうたい》を差し引くこともできる。生きた虫を測るときに便利。

　意外なところにも活躍する。趣味で外国の古いコインを集めているのだが、その真贋を確かめるのに大いに役立つのだ。大型の銀貨などでは、その模造品が横行しており、銀の含有量が低かったりする。蚤の市の屋台で、変な客がやおらポケットからハカリを取り出すものだから店主もびっくり。でもこういうことは最初になめられないことが大切。

　そういえば、熱心に友の会（『婦人之友』の読者の集まり）活動をしていた母は、子どもの私が何かの重さを聞くと、かしてごらんと手に持って軽く上下させると、グラム数を言ってみせた。半信半疑で、重量計にのせてみると、それは不思議なほど当たっていた。

第4章

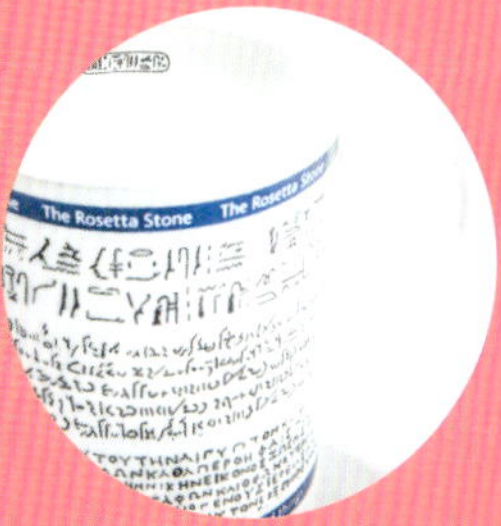
The Rosetta Stone
The Rosetta Stone

小さな至福

SF 恐竜の世界
SF 地底探検
SF 27世紀の発明王

ビスコッティとヴィンサント

イタリア・トスカーナ地方で見つけたおいしいデザート。
ビスコッティ(細長い固焼きのビスケット)を、ヴィンサント(甘いデザートワイン)に浸していただく。日本でも手に入ります。

滲《し》みこんでいるものの愉悦について語りたいと思う。しっかりと味が滲みこんでいるものほどおいしいものはない。たとえばおでんの大根。出汁《だし》になじんでほんのり醤油色になった熱々の大根を箸で割ってほおばる。じゅわーっとうまみが広がり、しばらくするとかすかな苦味がある。年をとることのよさのひとつは、子どもの頃にはわからなかった微妙な味わいが、おいしいと感じられること。

一方、子どもにだってわかる、普遍的な（って大げさですが）おいしさもある。たとえば、卵とミルクがたっぷりと滲みこんだフレンチトースト。これをこんがりとフライパンで焼く。そのうえで、さらにたっぷりのメイプルシロップをくぐらせて食べる。どうです？

でも、今日はみなさんの味覚をさらに刺激してみたい。イタリアのトスカーナ地方を旅行したときに知ったデザート、ビスコッティとヴィンサント。イタリアンのデザートといえば、定番はティラミスとかパンナコッタであるが、この地方ではちょっとしたリストランテに入るとデザートメニューに、biscotti et vinsanto と書いてあるのだ。どんなものかと思って注文してみると……。

ビスコッティとは、細長い固焼きのビスケット。そもそもビスとは二度、コッティとは焼いた、という意味で（イタリア人から教わったうんちくです）、保存のために二度焼きしたパンということだそうな。ビスコッティには種類があって、プレーンなものから、ナッツが入ったものまでいろいろある。ただし、いずれもカチカチで、そのまま齧《かじ》ろうとすると歯が折れそうに固い。これが数切れお皿に載って出てくる。そしてグラスに入った琥珀色のヴィンサント。ヴィンサントはとろりと濃いデザートワイン。

さてと。ビスコッティをひとつ指でつまんで、ヴィンサントに浸す。数秒待つ。それからおもむろに口に入れる。ヴィンサントに濡れたビスコッティがほろほろと口の中で崩れ、滲みこんだワインとビスコッティの味が融け合って舌の上に広がる。甘くて香ばしい。なんという愉悦。なんという至福。夜は更け、酔いはますます深まるのであった。

竹《ち》生《くぶ》島

竹生島は琵琶湖岸から遠望するのが美しいが、観光船で渡ることもできる。
都久夫須麻(ちくぶしま)神社と札所の宝厳寺がある。住民はいない。

小さな島が好きだ。十五少年が流れ着いた絶海の孤島。エルマーが竜を助けた動物島。ドリトル先生が探検したクモサル島。島には不思議な秘密があり、特別な物語が宿っている。

東京で生まれ、関東圏で育った私は、大学進学のとき初めて、生まれ育ったところとは異なる場所で暮らし始めた。京都である。

ひとつには親元から離れて、気ままに暮らしてみたいという少年っぽい独立心があったし、またひとつには東京とは違う、自由な気風の学問に触れてみたいという向学心があった。

でも同じ日本なのに、こんなにも風土と文化が異なるのだと徐々に思い知ることになる。大学のクラスメートのほとんどは騒がしく関西弁をしゃべり、独特の話法を共有していた。東京弁の私はそのノリにうまく入っていけなかった。古都もまた観光客には優しいが、他所から来た住人にはどこかしら冷たい。

孤独癖のある私はますます孤独にならざるを得なかった。そんな私を慰めてくれたのが関西の光と風だった。京都の空の色は柔らかい。まわりの山々の稜線は丸く、緑は穏やかだ。電車に乗ってその山をくぐり抜けると、視界いっぱいに、光る水面が続いていた。岸辺には波が低い音で打ち寄せている。風が湖面を渡ってくる。こんなに広い淡水の海を見たことがなかった。そして何よりも私の心を惹きつけたのは、どこまでも寂しげな湖水の表情だった。日本人はこの風景をずっと眺めて生きてきた。におのうみ。琵琶湖の古名が口の端に浮かんだ。

琵琶湖の北部の、ひときわ青い湖面に小島がぽつんとある。深い樹々に覆われ、古来、信仰の対象となってきた竹生島だ。まるでひょっこりひょうたん島のように浮かんでいるみたいに見えるが、実は琵琶湖の水深はこのあたりが一番深く、100メートル近くもある。つまり竹生島は、槍ヶ岳みたいに尖った山がちょこんと水面に顔を出している、その頂上なのだ。湖底の深みには琵琶湖の主のオオナマズが潜んでいるらしい。比良山連山の向こうに沈む夕日に照らされた島影を思い出すと、学生時代の寄る辺ない気分が懐かしくなる。

エスエフ

私に物語の面白さを教えてくれた『エスエフ世界の名作』シリーズ。
昭和41年から刊行開始。原価は一冊380円だったが、今や稀覯《きこう》本。
私が後年入手した古本は全26巻揃い30万円ナリ。

本といえば昆虫図鑑しか興味がなかった少年時代の私は、あるとき小学校の図書室の棚に並んでいた背表紙に目をとめた。エスエフ？　扉を開くと様々なデザインでSFという文字が踊っていた。シンイチ・フクオカの頭文字とおんなじだ。

試しに読み始めたとたん、もうやめることができなくなった。宇宙から飛来した謎の生命体が、誰かの身体の中に寄生した。それを探し出さなくてはならない。

エスエフとは、サイエンス・フィクション。科学を題材にした空想の世界。こんな物語こそが読みたかったのだ。私は熱病に冒されたようにエスエフの世界に吸い込まれていった。

今、あらためて見てみるとこの『エスエフ世界の名作』(岩崎書店)は、その名のとおり世界の名作を実にバランスよく選び抜いたすばらしいシリーズとなっている。ジュール・ベルヌの『地底探検』といった古典から始まって、アシモフ、ウエルズ、バローズ、ハインラインなど綺羅星のような有名作品、かたやロシアのSFなどにも目が行き届いていた。

翻訳も読みやすかった。そしてなにより挿絵が見事だった。真鍋博、長新太、久里洋二、田名網敬一、和田誠、横尾忠則など一流どころのイラストレーターたちが競い合って、物語にぴったりの絵を描いてくれていた。これがガツンと響いたのだ。宇宙の果て、時間旅行、地下、深海、未開の台地。私の心は自由にどこへでも行けた。

ここでSF小説の自在さに触れたことが、そのあと本格的な読書の扉を開いてくれることになったのは間違いない。虫の虫は、本の虫になったのだ。ずっとあとになって、この懐かしい『エスエフ世界の名作』シリーズが全巻完全揃い・箱付きの美本で古書のオークションに出ていることを知った私は、驚くほどの値がついていたにもかかわらず、もう二度と手にすることはないと思って迷わず大枚をはたいた。

これを大人買いというのだろうけれど、たまにはいいでしょ。

ルーベン

ニューヨーク名物ルーベン・サンドイッチ。温かいパストラミとザワークラウト、
スイスチーズがたっぷりはさんである。日本でも売っているお店があります。

アメリカで生活すると何につけても大雑把。たとえばコーヒーショップにならんでいると「ネクスト！」とまるで囚人みたいに呼びつけられる。日本の繊細な盛りつけの料理や心のこもったサービスが恋しくなるけれど、アメリカだってとびきりおいしいものはある。

その代表例は、サンドイッチ。日本でサンドイッチといえば、見えるところだけ薄いハムが一筋入っている、みたいなことがあるが、アメリカではそんなケチな了見は一切ない。アメリカのサンドイッチのなかでもとりわけ私がすきなものが、ニューヨーク名物『ルーベン』。ホットなサンドイッチです。

パンはこんがりトーストしたライ麦ブレッド。そこに温かいパストラミとザワークラウト、スイスチーズがたっぷりはさんである。パストラミというのは塩漬けの牛肉赤身を燻製し、粗挽きコショウ、ニンニク、各種スパイスをまぶしたユダヤ食材。これをスライスする。一見、ローストビーフに似ているが、ずっと重厚・複雑な味。燻製のいいかおりがして、とってもジューシー。かむと肉のうまみがじゅわっと溢れてくる。このパストラミの香ばしさとライ麦パンの相性が抜群なのだ。そしてザワークラウト。千切りキャベツを乳酸発酵させたもの。ピクルスみたいに酢につけたわけじゃないので、実に柔らか・さわやかな酸味とシャキシャキした食感を与えてくれる。チーズは、溶かしたスイスチーズ。ふつうのプロセスチーズに比べて白くて塩味が利いている。

で、極めつけはとろっとしたロシアンドレッシング。甘くて濃い味。これがまたパストラミ、ザワークラウト、スイスチーズ、いずれとも等距離外交を果たして全体を見事にまとめあげてくれている。

さて、できたての熱々ルーベン。切れ味のよいナイフで、スカッと二つに切ってある。断面にはぎっしり具が。これにがぶりとかぶりつく。お・い・し・い！

なぜルーベンがルーベンと呼ばれるのか。これには諸説あるのだが、要はアメリカに移民してきたルーベンさんという人物が最初にあみ出したものだかららしい。困るのは、ルーベンを前にすると無性にビールが飲みたくなってしまうこと。昼間からまずいなあ。

ニューヨーク

ニューヨーク市立図書館の裏の公園から眺めたエンパイアステートビル。
クリスマス色にイルミネーションされている。
寒いけれどこの街がいちばん華やぐ季節。

最初に住んだ異国の地がニューヨークだった。今から30年近くも前のこと。ニューヨークに住む、なんてカッコよく聞こえるが、全然そんなことはなかった。理系はなかなか一人前になれない。大学4年、大学院5年。20代後半だがまだ食えない。そのあと研究者の卵として海外で武者修行しなければならなかった。

好んでニューヨークに行ったわけではない。電子メイルもネットもなかった時代。たくさんの手紙を四方八方に書いて応募した。下手な鉄砲、というやつだ。どこの馬の骨。大半はにべもなく断られた。返事すら返ってこないこともあった。その中で、奇跡的に拾ってくれたのがニューヨークにあるロックフェラー大学だった。たまたま空きが出たのだ。ここは古くは野口英世が研究した場所でもある。一も二もなく、文字通り、私は柳行李ひとつで海を渡った。

それがポスドク生活の始まりだった。日本語訳は博士研究員となるが、ブラック企業の新入りに等しい。実験室で、朝から晩までボロ雑巾のようにこき使われる。一応は給料が支払われるが、地価の高いニューヨークではほとんどが家賃に。文化と言葉の壁があり、経済的にも精神的にも全く余裕がない。ボロアパートと研究所との往復に明け暮れる毎日。エンパイアステートビルにも、自由の女神にも行けなかった。

その後、上司教授の異動に伴ってボストンに移った。ボストンは静かでよい街だったが、私はしばしばニューヨークを懐かしんだ。街に充満するあの喧騒と振動が忘れられなくなっていたのだ。生まれた川の匂いを鮭が覚えるように、ニューヨークの街の光と風が私の心にしっかりと刷り込まれてしまっていた。

脇目も振らず必死に働いた。今にして思えば、あの頃こそが人生最良の日々だった。雑用も、人間関係の憂いもなく、ただただ自分の好きなことだけに専心できる輝ける時間。私は自分のことを考えるだけで精一杯だったが、当時、母は遠く離れて生活する息子にひそかに思いを馳せてくれていたようだ。『婦人之友』の生活歌集にこんな歌が投稿されていた。

ボストンにも葉裏きらめく風立つや
研究一途の吾子のはるけき

三《さん》月《がつ》書房

奥の番台みたいなレジに店主が座って静かに本を読んでいる。
今でも京都に行く機会があれば必ず立ち寄る。

街場の本屋さんがどんどん姿を消している。さびしい限りである。残るのはターミナルのビルに入った巨大なチェーンの書店か、あるいはネット書店か……。

そんな中、私のすきな街場の本屋さんがある。三月書房。学生時代、京都で過ごし、この本屋さんの存在を知った。寺町二条。あたりは、骨董品屋さんや筆屋さん、仏具屋さん、古風な喫茶店などが並ぶ風情ある界隈。梶井基次郎の小説「檸檬」で有名な八百屋さんもこのあたりにあった。三月書房はこの寺町通り沿いにさりげなく溶け込んでいる。一見、古本屋風であるけれど、れっきとした新刊書店なのである。

間口も店内もそんなに広くない。そのスペースに、文学、詩、芸術、社会、サブカル……などなど、驚くべき小宇宙が広がっているのだ。「この分野を知るには、最低でもこれとこれは押さえておいた方がいい。ああ、そうそう最近出たこの本も面白いよ」そんな声が本棚から聞こえてくる。つまり本の品揃えに主張があるのだ。だいたい著者別においてあり、同じ著者の新書や文庫も一緒に並べてある。その周囲には関連する人の本がある。つまりここには知の地図があり、書の時間軸がある。本屋さんはこうでなくては。棚を眺めながら、意外な発見や学ぶべきことがいっぱいある。

「この本を買った人はこんな本も読んでます」みたいに人工知能がオススメしてく

れるのとは全然わけが違う。教養に厚みがあるのだ。

お店の奥にレジがあり、おじさんが座って何か読んでいる。店主の宍戸さん。一見、偏屈そうだけど、聞くとなんでも親切に教えてくれる。三月書房はこの人の目利きでなりたっている。

今は京都を離れてしまったが、京都に行く用事ができたときは必ず立ち寄ることにしている。学生時代から早30年。でも三月書房は変わらずここにある。なんだかほっとする。

ひとつ昔と違うこと。それは科学の棚に、私の著作をおいてくれていること。うれしい。ちょっとだけ誇らしい気持ちになる。私を育ててくれた三月書房さん、ありがとう。すえながく元気に、このままでいてください。

ロゼッタストーンのマグカップ

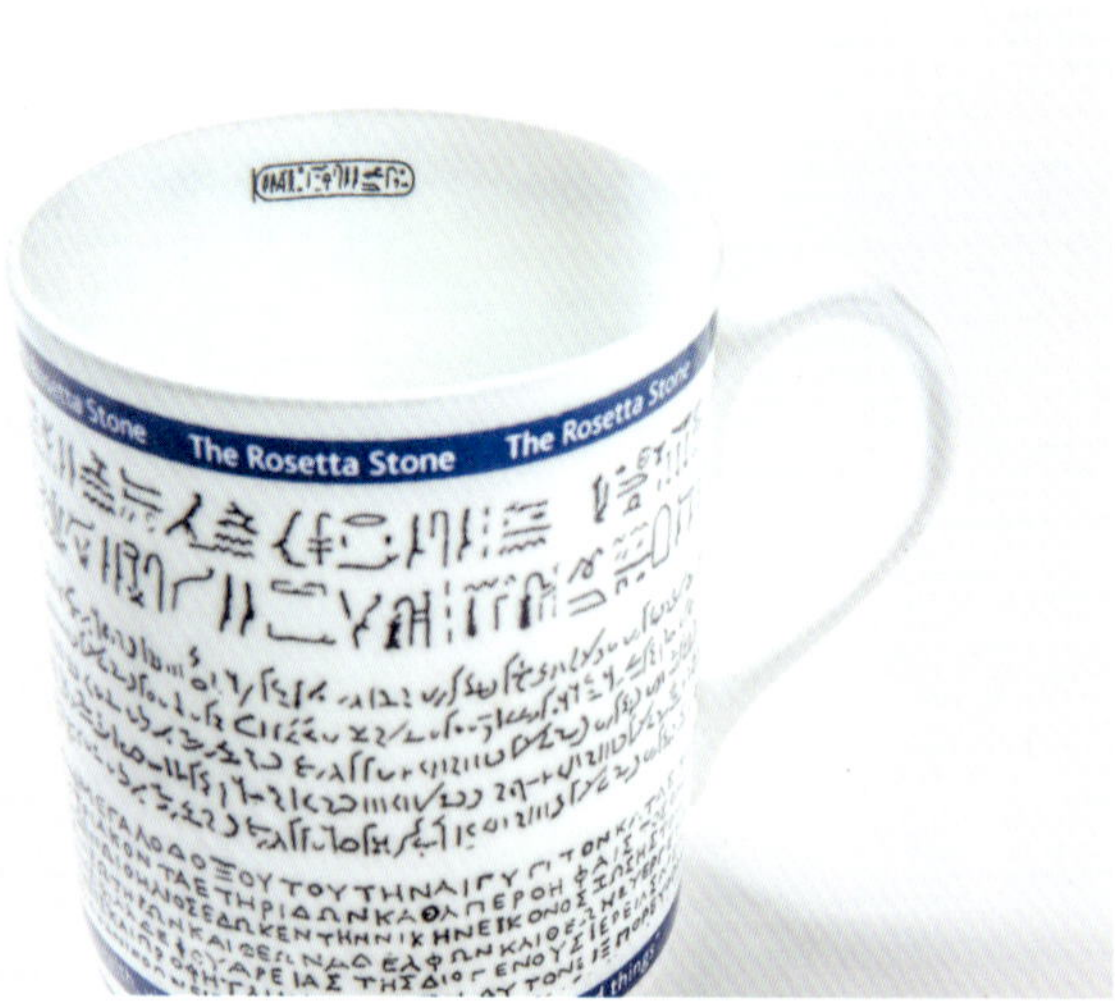

ロンドン大英博物館のお土産屋さんにて購入。
ちゃんとカップのうちがわに、暗号解読の手がかりとなった
カルトゥーシュ（囲み文字）が入っている。

1799年、エジプトに遠征したフランス軍の兵士は、ナイル河口の都市ロゼッタで大きな黒い石版を発見した。世に名高いロゼッタ・ストーンである。

高さ114センチ、幅72センチ、厚さ28センチ、重さは760キロもあった。石版の表面は、三段に分割されており、それぞれに異なる種類の碑文がびっしりと隙間なく刻み込まれていた。上段は古代エジプトの神聖文字ヒエログリフ、中段は民衆文字デモティック、下段はギリシャ文字だった。しかし、石版が作られたのは約2000年も前のこと。何が書かれているのか誰も解読することができなかった。特に謎めいていたのはヒエログリフである。鳥や獅子、人物像などが生き生きとした絵柄で描かれており、何らかの物語を表した象形文字と考えられた。

象形文字とは、亀という漢字がカメの姿を写しとっているように一種の絵文字のこと。この先入観、つまりヒエログリフが象形文字だという思い込みが災いして暗号はなかなか解けなかった。実は、ヒエログリフは、アルファベットと同じ表音文字だったのだ。

一番最初の手がかりをつかんだのはイギリスのトマス・ヤングだった。彼は、ヒエログリフの中に現れるカルトゥーシュに着目した。カルトゥーシュとはまわりを線で囲まれた単語のこと。つまり重要な単語だ。王の名前だからではないか。探してみると、下段のギリシャ文字の中にプトレマイオス王の名がある。ヤングはカルトゥーシュの各文字にプトレマイオスの名を一文字ずつ当てはめてみた。もつれていた糸の端に指先が触れた瞬間だった。

かくしてヒエログリフが解読されはじめた。実際に、ヒエログリフの謎を完全に解き明かした人物として有名なのは、フランス人学者ジャン＝フランソワ・シャンポリオンである。ここに学者間の先陣争いがあるのだが、ロゼッタ・ストーン自体にも奪い合いの歴史がある。エジプトでフランス軍を打ち負かしたイギリス軍がこの石を持ち帰り、現在は、ロンドンの大英博物館にある。エジプトは返還を求めている。

ロゼッタ・ストーンには汲めども尽きない物語が詰まっている。

第5章

〃始まり〃への旅

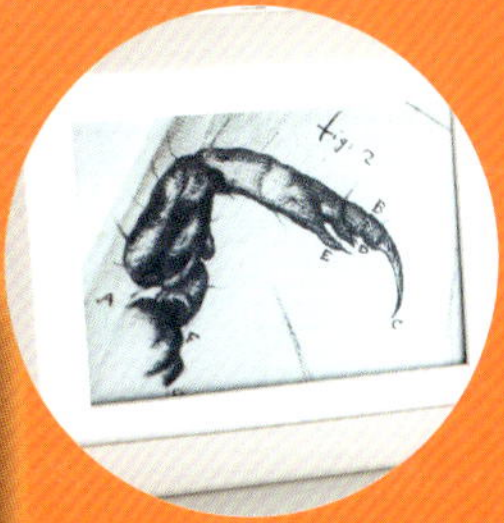

せいめいのれきし
バージニア・リー・バートン 文・え
いしいももこ やく

ITALICUM
COLONIA ERITREA

デルフトのタイル

街の一隅にある古美術店で見つけた。
フェルメールの「ヴァージナルの前に立つ女」に描かれたのと同じ17世紀のもの。

デルフトというオランダの小都市の存在を知ったのは少年の頃だったが、実際に訪問できたのはずっと後、大人になってからのことである。顕微鏡の歴史をたどるとアマチュア科学者、アントニ・レーウェンフックに行き着いたことは、すでに触れた。彼がデルフトで生を受けたのは１６３２年。これが実にマジックイヤーだった。同じ年、同じデルフトに、もう一人、後に私のヒーローとなる人物が生まれていた。誰あろう、画家のヨハネス・フェルメールである。

デルフトは、フェルメールの名作「小径」に描かれているとおり、間口の狭いレンガ造りの家が立ち並ぶ、実に美しい小さな都市だった。街並みの保存が徹底されており、道の名前も運河の位置も17世紀の姿をそのまま残していた。そして、私は、レーウェンフックとフェルメールの生家が、石を投げれば届くほどの、ごくご近所であることを知って驚いた。

同い年だった二人は当然、お互いを知っていたはずだ。カメラ・オブスクラという針穴写真機に似た装置を使って作画していたフェルメールに、レンズの作用や光学のことを教えたのはレーウェンフックだったに違いない。フェルメールはきっと、レーウェンフックの顕微鏡で、ミクロの世界を覗いたことさえあったはずだと思う。しかし二人の交流を示す確たる文書は何もない。いや、こんなに近くに住んでいたら手紙を書く必要もなかっただろう。

デルフトは、陶器や焼き物の街でもある。小さな古美術店に入ると古いデルフトタイルが山のように売られていた。ちゃんと年代別になっている。デルフトでは物を大切にする。家を改築する際、古いものはこのように回収されるのだ。

「フェルメールの頃のタイル、ありますか」「もちろん」老店主は棚の上の方の何枚かを見せてくれた。それはまさに、フェルメールが描いた室内の、壁面の下部に貼ってあったものと同じデザインのタイルだった。状態によってすこしずつ値段が違う。一枚数千円から。迷った末に一枚を選んだ。店主は新聞で丁寧にタイルを包んでくれた。包まれているのは350年もの長い時間である。

スカラベの精密画

ファーブルが昆虫記を書いた時代の作。当時こんな博物画が流行った。
日本に帰ってから額装した。

水の都、ヴェネツィアに心惹かれるようになったのは、何時の頃だろうか。敬愛する作家・須賀敦子の本を読んで以来のことだと思う。イタリアのミラノに長年にわたって住んだ須賀は、しばしばこの街を訪れた。須賀はこんな風に書いている。

「黒く澱んだ水面に映る影たち。暗い藻が波に揺れる運河にかこまれて、都市のふりをした島、ヴェネツィア。」(『ユルスナールの靴』)

彼女の言うとおり、ヴェネツィアは都市のふりをした都市である。お金持ちや裕福な商人たちの壮麗な館が水際にところせましと立ち並んでいるけれど、それらはいずれも砂上の楼閣ならぬ、水上の幻影なのだ。干潟に無数の杭を打ち込み、そこに石灰石をおいて基礎とし、重量を減らすためなるべく窓を大きくとって建築物を作った。しかし街の下は今も水なのだ。ヴェネツィアは、その上にはかなくも乗っかっている書き割りにすぎない。

中に車は入れない。蜘蛛の巣のように入り組んだ細い路地。両側を古い建物の壁に挟まれて方向感覚を失いそうになりながら歩く。すると思いがけず目の前に大きな運河の水面が広がって驚かされる。

私が惹かれる理由も、この街のそんなあやういバランスを感じるから。ヴェネツィア島の中央には逆S字型の、幅30メートルにも及ぶ大運河（カナル・グランデ）がうねりながら貫通している。不思議なかたちだが、これはもともと干潟にあった水の流れをそのまま温存したもの。せきとめるのではなく流れるままにする。対峙するのではなくできるだけやりすごす。大きく変わらないように絶え間なく小さく変わる。だからこの街は干潟の生態系とともに千年以上も生き続けてきた。動的平衡だなあ。

狭い通りを抜け、石の橋を渡ると運河沿いの小さな広場に出た。そこに古風な骨董屋があった。ウインドウをのぞくとこまごました陳列品のあいだに、鮮やかな緑色のスカラベ（という甲虫・和名はフンコロガシ）を精密に描いた小さな18世紀後半の作。旅の記念に購入することにした。

虫の脚のスケッチ画

アントニ・レーウェンフックの顕微鏡観察のスケッチ画（複製）。
原本は英国王立協会に保管されている。何年か前に訪問して見せてもらった。

私のすきな画家はなんといってもフェルメールなのだが、ここに「真珠の耳飾りの少女」でも出そうものなら、いくら温厚な読者の皆様でも、あまりにベタすぎて鼻白むことだろう。そう忖度してちょっとひねってみることにした。

今でこそ世界中で大人気のフェルメールだが、彼の存命中は、ぜんぜん有名ではなかった。17世紀・オランダの小都市デルフトで、慎ましい暮らしを送り、子沢山で、日々の生活も楽ではなかった。パン屋への支払いが滞り、絵で払ったこともあったという。

あれほど緻密で丁寧な作風だったから、一年に一つか二つの作品が完成するのがやっと。

わずか43歳で早世したので、現存する作品はたった37点しかない。それが今や世界中に綺羅星のように散らばり、名だたる美術館の貴重な至宝となった。習作やスケッチ、デッサンのようなものは何一つない。もし現存していれば、レオナルド・ダ・ヴィンチの手稿のように、すばらしい研究資料となり、後世の人々の興味を大いにかきたてたことだろう。

フェルメールと全くの同い年、同じデルフトの、ごく近所に生まれ育った人に、アントニ・レーウェンフックがいる。以前もふれたが、彼はアマチュアの科学者として顕微鏡を自作、植物、昆虫、微生物などあらゆるものを観察して膨大な記録を残した。フェルメールと知り合いだったかどうか、直接的な証拠はないが、こんな小さな街のこと、フェルメールは絵の遠近を写しとるのに、カメラ・オブスクラというレンズ機器をつかっていたので、きっと二人には知的な交流があったのではないか、と私は思う。

そこでこのスケッチをご覧あれ。これはレーウェンフックが、虫の脚の鉤爪を顕微鏡で観察した際の模写。黒光りする陰影や硬い質感が見事だ。レーウェンフックはこう書き記している。「自分は絵が描けないので、友だちの画家に頼んで描いてもらった」と。えっ！　その画家って誰？　残念ながら名前までは書いていない。ここから先は想像するしかない。当時、芸術と科学は極めて近い場所にあったのではないだろうか。

古い銀貨

フィレンツェの古道具屋で見つけた100年前のイタリアの銀貨二枚。
少年の頃、切手やコインに凝っていたことを思い出した。
何でもかんでも集めていたんです。

イタリアのフィレンツェを訪問した。レオナルド・ダ・ヴィンチの足跡をたどる旅である。レオナルドは郊外の小集落ヴィンチ村で生まれた。生家は今も残っている。訪ねてみると村はずれの質素な石造りの家だった。まわりはなだらかな丘陵とオリーブ畑が広がる。空にはトンビが悠然と飛んでいた。幼いレオナルドはあんな風に、自在に飛翔したいと願ったことだろう。16歳になると、フィレンツェの石工ベロッキオ工房に弟子入りし、めきめき芸術の腕を上げた。時にフィレンツェは、絶大な権勢を誇ったメディチ家の支配下にあった。

権力の地位にある者は権力をめざす者に常に脅かされる。それが中世。1478年、事件は起こった。花の大聖堂の巨大なドームの下で厳かにミサが執り行われていた。最前列にいたメディチ家の若き当主ロレンツォと、美男子として誉高かった弟ジュリアーノに、下手人たちが襲いかかった。ジュリアーノは死に、聖具室に逃れたロレンツォは重傷を負いながらからくも一命をとりとめた。教会内での惨劇。ロレンツォ・メディチの怒りはすさまじかった。陰謀に関係した者たちを残らず捕え、街の中央広場で次々と処刑した。その様子をスケッチしたレオナルドの素描が残っている。時に26歳。彼は何を思ったのか。

数々の光と闇を宿しながらも、フィレンツェの今は賑やかな観光都市となっている。石畳の路地の両側に古い館が並ぶ。歴史に思いを馳せながら、あてもなく散策していると小さな骨董屋が目についた。骨董屋というよりはガラクタが詰め込まれた古道具屋。隅の方に十把一からげになって置かれていた古銭の箱を見つけた。そういえば子どもの頃、切手やコインを集めていたっけ。とはいえ、イタリアの古いコインまでは知識がない。底の方をひっくり返して、勘で二枚の銀貨を選んだ。年号は１８９６年と１９１８年。どちらもずっしり重い。「一枚10ユーロでいいよ」

店主が商売気なさそうに言った。帰ってから調べてみると、これがなかなかの掘り出しものだった。こんな楽しみがあるから旅は面白い。

愚者の金

黄鉄鉱の文鎮
黄金色に輝いて見えるので、金塊とみまがうが、黄鉄鉱というありふれた鉱物。
ペルー産。ミネラルショーで見つけた。

もしこれがほんものの金《きん》なら、ずっしり100グラムほどあるので、ゆうに50万円相当になる（現在の金の実勢価格は、およそ1グラムあたり5000円）。でも、私は正直者なので、泉に落とした斧は金の斧ではなく鉄の斧だと言おう。

一見、金塊とみまがうが、このかたまりの名は黄鉄鉱《おうてっこう》という鉱物。鉄原子に硫黄原子がまざって規則正しく並ぶことによってできる。鉄鉱山など自然界にごくごく普通に産出する。だから値段も金よりずっとずっと安い。

そして、世にはどこにでもあわて者がいるとみえて、ゴールドラッシュの時代、これを見つけて大騒ぎでもしたのだろうか、あるいは金だと騙されてつかまされたものがいたのだろうか、英語では愚者の金（Fool's Gold）という別名までついている。

ちなみに金と鉄では比重（1立方センチメートルあたりの重さ）が倍以上も違うので、ちょっとした物理学を知っていれば、黄鉄鉱と金の区別は簡単である（もしこれが100グラムの金塊なら、もっとずっと小ぶりとなる）。でも、愚者の金とはいえ、黄金色に輝く様子は見ていて美しく、飽きることがない。くっきりとした角々も清々しい。勉強机の書類を押さえる文鎮がわりに、池袋のミネラルショーで購入した。ミネラルショーとは、定期的に開かれる催事で、小石から宝石まで、岩石・鉱物・化石の即売会のこと。例年、同好の士でたいへんな賑わいをみせる。

私が少年だった頃、つまり昭和中期の子どもたちは、虫や魚、鉱石や天体に興味があるナチュラリスト系と、鉄道や車、工作やプラモデルに興味を示すメカ系とに、大きく好みの傾向が二分されていた。

考えてみると、天然か人工かが違うだけで、そこから生み出される美や造形に、心惹きつけられるという点では同じようなもの。その感性から科学や芸術の種が育つと考えれば、愚者の一念も、賢者の萌芽かもしれない。

ネット社会に生まれた今どきの子どもたちはいったい何に興味を持つのだろう。

アンモナイト

化石ショー(そんな催事があるんです)で、購入したもの。直径約10センチ。
真ん中で割って二つに開いてある。内部のぐるぐる渦巻きが美しい。

ずっと昔から、ぐるぐる渦巻きに心を惹かれた。それが外に向かって広がっていけば、そこには宇宙的な果てしのなさを感じるし、逆に、内に向かって吸い込まれていれば、それには底知れない目眩を覚える。どちらにしても、ぐるぐる渦巻きには、無限の動きが含まれている。

ぐるぐる渦巻きの美しさを競うなら、アンモナイトの右に出るものはいない。これは以前、化石ショーで見つけた私の宝物。マダガスカル産。およそ一億五千万年前のもの。聞くところによると、この島の山あいには、掘ればいくらでも石ころのように大小さまざまなアンモナイトが湧き出してくる場所があるそうな。一度でいいからそんなところに行ってみたい。

かつて遠浅の海に無数のアンモナイトが棲息していた。海の底の砂は長い年月をかけて堆積し、やがて大陸移動の大きな力によって押し出され、アフリカの東、マダガスカル島の山になった。

状態のよいアンモナイト化石をスパッと二つに割ると、その断面には幾何学的な規則性をもって、放射状に隔壁が並び、小部屋が連続している様子がわかる。一番外側の部屋に、アンモナイトはその身体を格納していたと考えられるが、今となってはどんな姿をしていたのか、誰も正確に知ることはできない。柔らかい身体は失われ、殻だけが化石になったからである。おそらくアンモナイトは貝というよりは、イカのような生物だったらしい。奥の小部屋は空気室として浮力を得るために使われ、彼らは縦横無尽、すばやく海中を泳いでいた。

アンモナイトは示準化石と呼ばれるもの。それが見つかることによって地層の地質年代を特定することができる化石のことである。アンモナイトが産出されれば、それは約一億五千万年前のジュラ紀の地層、ということになる。示準化石には条件がある。現生しない生物であること。分布領域が広く、どこででも、容易に多数発見できること。短期間のみ栄えた生物であること。急速に拡大した種は、その急速さゆえにどこかで破綻を来たし、急速に滅びに向かう。何億年か先、人類は示準化石となる可能性が高い。

古代ザメの歯の化石

絶滅した巨大な古代ザメ・メガロドンの歯の化石。
ニューヨークの古道具屋のガラクタの中から“発掘”した。

ずっと昔のこと。海が今よりもずいぶん暖かかった時期がある。といっても、生半可な昔ではなく、およそ数百万年前から二千万年前くらいのこと。海水が温《ぬる》むと、多くの海洋生物は活発に動くことができるようになり、餌をたくさん食べて大型化した。

そんな海を悠然と泳いでいた巨大なサメがいた。メガロドンである。体長は10メートル以上。映画「ジョーズ」に登場したホオジロザメをさらに大型化した超巨体。大きな口には、長さ10センチもある尖った三角形の歯がずらりと並んでいた。

大海を我がもの顔に支配していたメガロドンは、しかし、今から二百万年ほど前にこの世から急速に姿を消した。海の寒冷化が主要因と考えられている。サメは軟骨魚類。柔らかな骨は分解されやすく、遺骸はほどなく消えてしまう。だからメガロドンが存在していた証拠は、その巨大な硬い歯の化石としてのみ残された。その大きさは、後世の人々を震え上がらせるのに十分だった。日本でも発見例があるが、ながらく〝天狗の爪〟だと信じられていた。

それゆえ、メガロドンの歯の化石は、私のような好事家《こうずか》のあいだではたいへん珍品となる。そんな化石をある場所で見つけた。残念ながら古代地層から発掘したのではない。ニューヨークの街なかにある古道具屋のガラクタの中に発見したのだ。

誰かのコレクションだったものかもしれないし、どこかで閉鎖した博物館の流れ品かもしれない。いずれにしろ、長い間、放ったらかしにされて埃がかぶっている。私は自分の興奮を悟られないよう、店主に値段を聞いてみた。驚くほど安値である。もうひとつあるよ。店主は引き出しの奥からとり出して見せた。二つまとめて買いますからちょっとまけてください。逃げるようにして店を出た。今にも後ろから店主が追いかけてきそうな気がしてどきどきした。すごい掘り出しモノを見つけたぞ！

日本に帰ってから、対談した恐竜学者の真鍋真先生に鑑定してもらった。真鍋先生は、指でコツコツ化石を叩きながら調べてくれた。これはホンモノです。

せいめいのれきし

『せいめいのれきし』（岩波書店）バージニア・リー・バートン 著 いしいももこ 訳
リー・バートンは絵本『ちいさいおうち』でも有名。絵の奥行き感やパターン構成は、彼女が美術デザイナーでもあったことを知ると、深く納得できる。写真は旧版。

ただのモノ知りと教養のある人はどこが違うのか。これはキボシカミキリだとか、それはニジュウヤホシテントウだ、といった虫の名前をすぐに言えたり、トリケラトプスとかアロサウルスなど恐竜の名前をくまなく知っていたりする少年はよくいたが（私です）、それは単に知識を溜め込んでいるだけのモノ知りハカセであって、賢いわけでも、教養があるわけでもない。とくに、近年はネットとグーグルさんのおかげで、モノ知りハカセの価値はほとんどなくなってしまった。

モノ知りハカセと教養人の決定的な差は、時間軸を持っているかどうか、ということである。科学のことを知っているだけでなく、科学史を知っている。数学が得意なだけでなく、数学史を知っている。文学を読んでいるだけでなく、文学史を知っている。信仰を持っているだけでなく、宗教史を知っている。時間軸を持っていると、人類がどんな苦労をして、いかなる失敗を繰り返して発見を行ってきたか、その学びのプロセスを自分の中に組み立てることができる。すると個々の知識はその幹に連なる枝葉のようにおのずと配置され、自然に身につき、たとえ固有名詞を忘れたとしても、すぐに幹からたどって思い出すことができる。

ネットの中には情報は溢れているけれど、情報をつなぐ時間軸がすっかり漂白されてしまっている。時間軸はやっぱり本の中にこそある。単なるモノ知り少年だった私に、時間軸の存在を教えてくれたのがこの黄色い本『せいめいのれきし』だった。生命の膨大な時間の流れを劇仕立てでドラマチックに教えてくれる。熱い地球が冷め、最初の命が発生し、それがだんだん複雑化していく。魚が背骨を持ったことで生物の大型化が始まった。もうその頃には昆虫も出現していた。恐竜が闊歩する時代がきた。その足元で逃げ隠れしていたのが、私たち哺乳動物の祖先だ。

著者リー・バートンは、この本を書くために10年に及ぶリサーチを行った。そして本書は彼女の最後の作品となった。本の最終ページ、時間の環は今の〝あなた〟につながって終わる。こんなに壮麗で深淵な時間の物語を私は他に知らない。今でも最も好きな本であり、しばしば開いてみることがある。

対談

恐竜の謎、生命の不思議

いつの時代も、子どもたちに大人気の恐竜。
色まで推定できるようになった今、
その暮らしは、鳴き声はと、想像が広がります。
生物の多様性を考えるときも
私たちは、過去5億年の進化の歴史に
学ぶことがたくさんありそうです。

福岡伸一
（分子生物学者）

×

真鍋 真
（古生物・恐竜学者）

まなべ まことさん
1959年、東京生まれ。国立科学博物館標本センター・コレクションディレクター、恐竜など中生代爬虫類、鳥類の進化を研究。図鑑『恐竜の世界』、『せいめいのれきし』バージニア・リー・バートン著など、監修多数。

科学博物館はワンダーランド

福岡　私は小学生の頃から蝶やカミキリムシが大好きで、図鑑は端から端まで何度も読んでボロボロに。日本にいる蝶のほとんどは諳《そら》んじられるようになり、新種を見つけたいと思っていました。ある日、家の前のアオギリが台風で倒れ、普通は手が届かない梢が目の前にあった。もしやと掻き分けると、見たことのないエメラルドグリーンに光る小さな虫を見つけたのですね。瓶に入れて調べたけれど、図鑑にも載っていません。ついに新種発見！と(笑)。

でも本当に新種か……そうだ、国立科学博物館に持っていけばわかるだろうと、標本を握りしめ、息せき切って上野に向かいました。そんな少年を、受付のお姉さんは親切に「専門の人に聞いてみましょう」と案内してくれて、科博にはバックヤードがあり、研究者がいるのを知りました。高く積み上げられた標本箱の奥に、黒沢良彦先生という昆虫学の大家がおられ、ちゃんと虫を見てくださったんですよ。「虫は捕まえた環境が大事。どういう状況で捕まえたの？」と聞かれ、「どうも新種じゃない。カメムシの幼生だ」と(笑)。

がっかりでしたが、代わりにもっと大きな発見をしました――昆虫を研究して生活している科学者がいる。私もこんなふうになりたいと思った。国立科学博物館は、私にとって人生を教えてくれた場所です。

真鍋　今のお話だけで、国立科学博物館の存在を自慢できます（笑）。

福岡　標本庫で、ヤンバルテナガコガネを見せていただいたことがあります。全ての昆虫には、この標本が見つけられたから新種だとわかったという「タイプ標本」があり、科博にはそういうお宝がいくつもある。本当にワンダーランドですね。

　真鍋さんは、イラストレーターだったお父さんは未来を描かれたのに、過去の方に行ったのは、子どもの頃から恐竜が好きだったのですか。

真鍋　そうでもなく、化石に触ったのも大学時代。好きなものに出合うのは早い方がいいかもしれないけれど、大人になってからでも遅すぎることはないと思います。

　僕の父親は厳しい人で、褒めてもらったことは一生に一度か二度あるかないか。そんな父への反発があって、未来なんて根拠がない、何でも言えると思ってしまった（笑）。歴史を遡ると確実性が高まる気がして、地に足の着いたことをやろうと。

福岡　それで反対の方向に。

真鍋　家にいると口うるさく言われるけれど、旅行には自由に行かせてくれました。そこで、地理や地学の先生になれば、いろんなところに行けるだろうと、大学は地学科に。ちょうどプレートテクトニクスが日本の地質に応用され始めた80年代で、秩父の地質を卒論のテーマにしました。石を割って持ち帰り、溶かすと中に放散虫などプランクトンが。そういう生物は進化速度が速いので、時代と共に形が変わるのですね。それがおもしろくて、もう少し勉強してみようと思ったのです。

ときどき、「親子で似たようなことをしておられるのですね」と言われます。反対方向を見ているだけで、同じ時間軸で仕事をしていることに変わりはない、と気づかされました。

福岡 まだ見ぬ未来と、まだ見えない過去を、お互いに見ようとして。

私は大学に入って、害虫の駆除とか、ゴキブリを誘引する物質についてとか、役に立つ研究と言うと虫が悪者になってしまうのを知りました。虫が好きなのに、虫を殺すことばかり研究するのは何か違うと思っていたときに、アメリカから分子生物学が入ってきた。生物はミクロな細胞レベルで見たらみんな共通、その中のたんぱく質や遺伝子を研究するのが次世代の生物学だと。職業としての研究は大人になってからですが、少年時代に虫を育てたり、その形や色に驚いたりしたことが原点になっているのは確かです。

真鍋 どんな時代と巡り合わせるかも大きいですね。

恐竜は爬虫類？ それとも鳥？

福岡 私は、地球の誕生から今日までを描いた、バージニア・リー・バートンさんの絵本『せいめいのれきし』が大好きなんですよ。生命の歴史のドラマチックな展開にワクワクして。1960年代半ばに出版された名著ですが、その後の進化や恐竜学の発展から見ると、少し違う部分が出てきた。最近、真鍋さんを中心に改訂版がつくられたのは、すばらしいことですね。

真鍋　私も子どもの頃、バートンさんの『ちいさいおうち』が好きでした。同じ作者が『せいめいのれきし』に描いたのは、1960年代に考えられていた恐竜の姿ですが、今いろいろなことがわかってきました。それで、内容が古すぎて教育上好ましくないと、貸し出しをしない図書館が増えてきた。あまりにもったいないので、科学的にこれはNGというところだけを文字で直して、改訂版を出そうということになったのです。関わったことで、福岡さんはじめ「私も子どもの頃、これが大好きで」という方々にずいぶん出会った。昔好きだった絵本が共通するって、うれしいですよね。

福岡　バージニア・リー・バートン著、石井桃子訳、真鍋真監修と名前が並んで羨ましい。私も入りたかった（笑）。改訂は主にどこを？

真鍋　「恐竜は絶滅したので、今では博物館でしか会えません」とあったところを、「一部は鳥に姿を変えて進化しています」としたり。改訂作業をして気がついたのは、すごい情報量ということ。舞台上にさまざまな生物が、下に司会者がいて、対比で大きさがわかる。地球という舞台は変わらないけれど、登場人物が変わっていくこ

真鍋さん監修の『せいめいのれきし』改訂版。地球の誕生から現在までの46億年を劇場仕立てで語る壮大な絵本。生命のリレーのバトンは、読み手に引き継がれます。

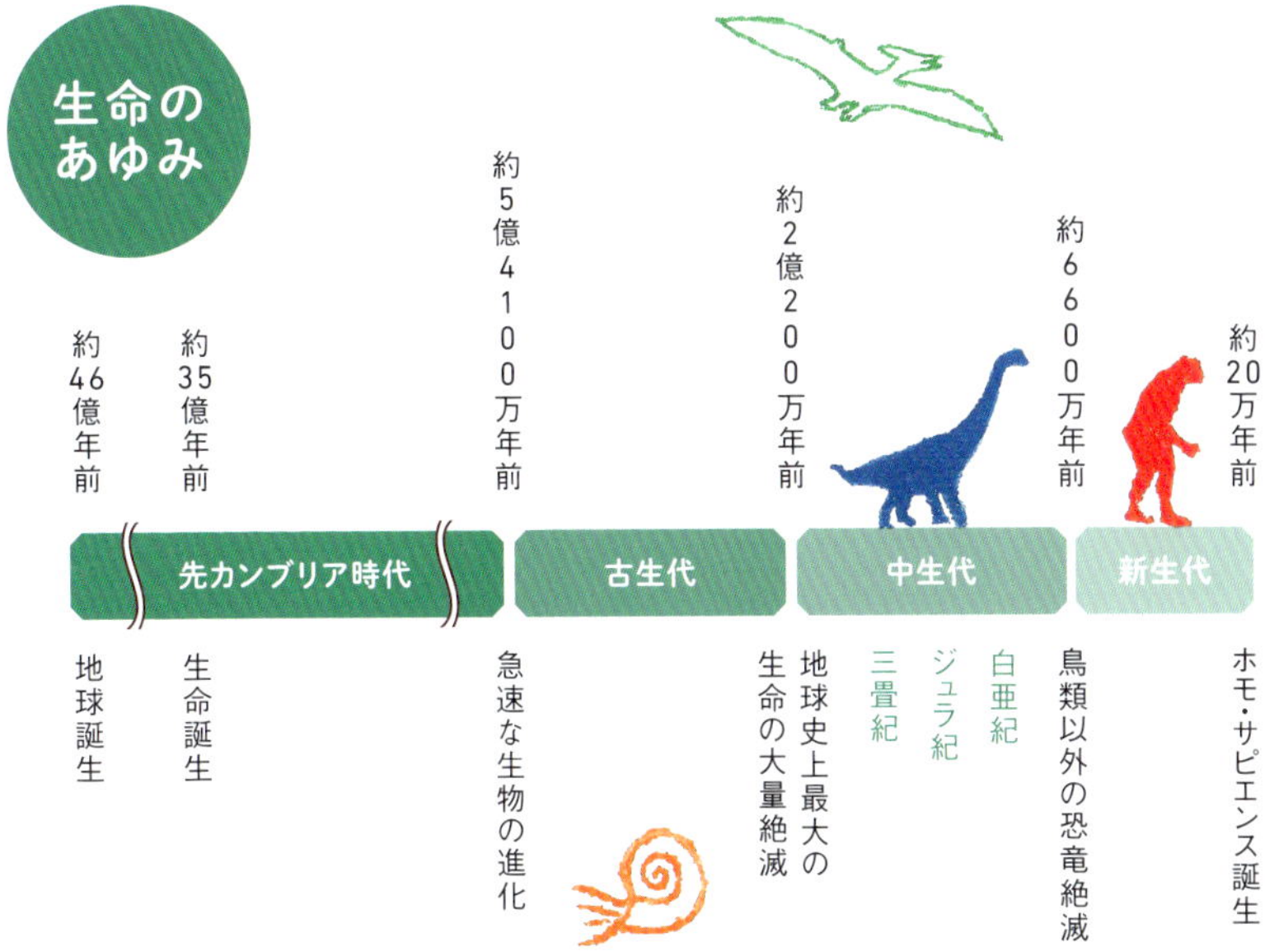

とを、見事に表現しています。
　恐竜が、のそのそ尻尾を引きずって歩く姿があります。アパトサウルスは体が大きすぎて水中で浮力を借り生息していた、歯が貧弱で水草のような柔らかいものしか食べられなかったと当時は言われていたから。

福岡　今では解釈が違うのですね。

真鍋　心臓より上まで水に浸かると、水圧がかかって呼吸がしにくくなることがわかり、足跡が発見され、地面を歩いていたこともわかってきました。歯は貧弱でも、腸を長くすることで植物繊維を分解していたのだろうと。

福岡　確かに草食性だった？

真鍋　爬虫類は基本的に肉食で、植物を分解できなかったのですが、恐竜になってから積極的に植物を食べるようになったことが歯の形の変化からわかります。植物は逃げないし、資源も豊富でしょ。胴体を大きくすることによって腸を長くして、それで植物繊維を分解できるようになった。

福岡　3億年前は、植物も巨大でしたね。

真鍋　その時代、爬虫類や哺乳類の祖先たちは植物を食料にはせず、2億数千年前に食べ始めたと言われます。やがて、歯の形も変わってきて、恐竜の中にはよく咬んで植物を分解できるものが出てきます。そうすると分解を腸に任せなくてもよくなって、体が大きくなくてもよくなった。大きくならないと個体数が増えてきて、群ができるという新しい生態系が生まれました。

福岡　飛べるようになるのは？

真鍋　滑空ではなく、飛行できるようになったのは、ジュラ紀でしょう。始祖鳥という有名な鳥の化石が、ドイツで見つかっています。それ以前のプテラノドンなどは、恐竜ではない爬虫類なのですが、指先から胴体に膜を広げて、滑空するものがいました。そして、恐竜の中で羽毛を持つものが登場します。最初はフリースのような羽毛だったのですが、やがて翼を持つものが出てきました。最近では、足にも翼があり、四翼でグライダーのように枝から枝に飛び移っているうちに羽ばたけるようになったという説も。少し前までは、始祖鳥から鳥になって羽毛がはえてきたと考えられていました。羽毛があれば鳥だと分類できましたが、最近は羽毛はもともと恐竜にあった

世界初のしゃがんだティラノサウルス（右）と向き合うように配置されたトリケラトプスの骨格標本。国立科学博物館の展示室より。

ことがわかり、変わってきています。

謎が明らかになっていく

福岡　恐竜の色がわかるようになったのは、色素の分布からですか。

真鍋　ええ、化石にメラニン色素の跡が残っていて。形や大きさ、密度から色が推定できるのです。２０１０年までは誰もわかるとは思いませんでした。

福岡　ＳＦ作家クライトン原作の映画「ジュラシックパーク」では、琥珀に封じ込められた蚊の血のＤＮＡから恐竜を再生させますね。再現できたとき、学者は近づいて手をかざし「温かい」と。鳥に近い恒温動物だと確認して喜ぶ、いいシーンです。恐竜が体温を高く保ち始めたのは、いつ頃でしょう。

真鍋　恐竜と言えばティラノサウルス、尻尾を引きずってのそのそと這っているイメージが定番です。でも実は少し前傾し、ゴジラのように尻尾を地面につけずにいたとわかってきたのが70年代、「恐竜ルネッサンス」と言われる時代です。それまではワニのような爬虫類の大型版で、大きくなりすぎて環境の変化についていけず、絶滅したと言われていました。

ところがアメリカの研究者が、始祖鳥の標本を見ていてハッと気づいた。骨だけ見ると恐竜じゃないか、それに羽毛がついて

羽毛恐竜ミクロラプトル（四翼の羽毛恐竜）。国立科学博物館の常設展示より。
© Utako Kikutani

いると考えれば、恐竜は鳥につながっていると。また、大きな草食恐竜の周囲で、小さな肉食恐竜が何体も死んでいる状況証拠を見ていて、小型の肉食恐竜が大きな草食恐竜を攻撃するのに群を成して、互いに連携を取っていたのではないかと。

小型の肉食恐竜が足の大きな鉤爪を武器として使ったのだとしたら、大きな相手に何回も飛び蹴りをするような瞬発力と持続性は、ふつうの爬虫類では考えられない。鳥類や哺乳類などの恒温動物でないと、説明できないのではないか。さらに、脳が相対的にふつうの爬虫類より大きく、その代謝を考えると変温動物では説明できない等々。

福岡　何かに気がつくのは、既存のビックデータから抽出して最適解を見つけるというのとは全く違う人間の脳の発想。ＡＩがどんなに発展しても絶対にできない。

真鍋　そういう証拠を積み上げ、恐竜は恒温動物だったという説に行き着いた。それが70年代に研究者の間で広がり、「恐竜という分類の中に鳥が含まれる」という分類体系が86年に提唱されたのです。70年代以降、映画などを通し、群をなして人間を追い詰めていく温血動物の恐竜がビジュアル化された。加えて96年、羽毛恐竜の化石が中国で見つかった。見た目が羽毛になったことで、「恐竜は鳥に進化したのだ」と皆のイメージがガラッと変わりました。

福岡　知識の大衆化が起きた。

真鍋　科博では、大英自然史博物館展で、ロンドン標本の始祖鳥が初来日します（2017年3月）。始祖鳥は今のところ歴史的に恐竜と鳥の境目、そこを一つの座標として進化のつながりを見ている。ロンドン標本は始祖鳥のタイプ標本。新種発見の際には、まずそれと比較して論文を書く。未だに新しいサイエンスを産むきっかけになっています。それが直に見られる。ダーウィンの、「種の起源」の直筆原稿もきます。

5億年の生命の流れの中で

福岡　化石などで見つかっているのは、地球史のほんの一部。まだ次々と新しい発見があるでしょう。この数十年だけでも、生命の歴史が書き換えられるような大発見が。過去も未来と同じくらい無限なのだと思います。

真鍋　それが、今ここにいる自分につながっている。

福岡　人間は進化の頂点にいるように思っているけれど、恐竜のように変化していくかもしれないし、滅びるかもしれない。私たちは現在進行形を歩んでいるのだと知ることは、人間を謙虚にしてくれます。生命の流れの中で、人間の立ち位置を考えるきっかけにもなるので、始祖鳥がきたらぜひ行きましょう。

＊『婦人之友』2017年3月号より

アメリカ・コロラド州の地層で、隕石が衝突した6600万年前の地層を指差す真鍋さん（右）。

あとがき

本書は、私が『婦人之友』誌に寄稿している連載コラム「わたしの・すきな・もの」をまとめ、読みやすいように話題ごとにテーマわけしたものである。その第1章には編集部の方が「少年の目、母の眼」というタイトルをつけてくださった。

私の母は熱心な『婦人之友』読者で、それに輪をかけて熱心にその読者の集い「友の会」活動に邁進していた。衣・食・住・家計簿。本の中でも触れたが、少年の私にとっては、生活のあらゆる細部にまで行き渡る、そのこまごまとした自律と徹底ぶりが——その理念の高さにはもちろん敬意の念を感じていたのだが——、正直に言うと、いささかうとましかった。

だから私は大学入学を機に、東京を離れ、京都にひとり下宿暮らしをするようになった。早く親元から脱出したかったからである。理科系は一人前になるのに時間がかかる。京都では学部、大学院と10年近くを過ごし、そのあとはニューヨークやボストンの研究所に留学した。長い年月が経過した。その後、20数年ぶりにもう一度、東京に戻ることになった2004年の春、病を得た母はあっけなく亡くなってしまった。

離れて暮らしているあいだ、便りのないのはよい知らせ、とばかりに、ほとんど母に連絡することはなかった。男の子とはそういうものだ、という言い方もできるかもしれないが、それは私の勝手な言い分。ひそかに母は息子のことを案じることもあったようだ。母が亡くなったあと、母がノートに書き溜めていた生活歌集の中にこんな句があることを父が教えてくれた。

子の学ぶ研究室にひっそりとラット水飲む赤き口開け
ボストンにも葉裏きらめく風立つや研究一途の吾子のはるけき

ただ、もし母が今も元気に現役だったら、こんな風に息子の私が連載を持つことなど恥ずかしくてできなかったにちがいない。人生の環とは妙なものである。「わたしの・すきな・もの」とは、つまり、私を育み、励まし、守ってくれたもの、ということである。取り上げたすべての「もの」たちにあらためて感謝の意を表したい。おそらくあなたにも、あなたにとっての「わたしの・すきな・もの」があるにちがいない。そんなことを思いながら読んでいただけるなら、とても幸いである。本書を読者のみなさまにお届けするとともに、一冊を母に献じたい。

２０１８年12月

福岡伸一

福岡伸一　Fukuoka Shin-Ichi

生物学者。青山学院大学教授、米国ロックフェラー大学客員教授。1959年東京都生まれ。京都大学卒。米国ハーバード大学医学部研究員、京都大学助教授を経て現職。著書『生物と無生物のあいだ』はサントリー学芸賞を受賞。『動的平衡』『フェルメール　光の王国』『センス・オブ・ワンダーを探して』、訳書『ドリトル先生航海記』ほか。2016年より『婦人之友』に「わたしの・すきな・もの」を連載。

装丁・本文デザイン　坂川栄治+鳴田小夜子(坂川事務所)
写真　齋藤海月
鈴木慶子(P42)・亀村俊二(P83)
明石多佳人・本社(P14、P33、P49、P55、P68、P74、P77、P99)
PD　高柳 昇(東京印書館)
装画　いしざきなおこ
本文イラスト　安斉 将(P119)

わたしの すきな もの

2019年2月15日　第1刷発行
2020年8月15日　第4刷発行

著者　福岡伸一
発行者　入谷伸夫
発行所　株式会社 婦人之友社
東京都豊島区西池袋2-20-16
電話 03-3971-0101　https://www.fujinnotomo.co.jp
印刷・製本　株式会社 東京印書館

ISBN978-4-8292-0887-8